H. de RÉGNIER

CONTES POUR CHACUN de NOUS

ILLUSTRÉS PAR A. MAYEUR

COLLECTION les PANATHÉNÉES AUX ÉDITIONS LAPINA

CONTES POUR CHACUN DE NOUS

d'après Benjamin — gravé par Mayeur

H. DE RÉGNIER

CONTES POUR CHACUN DE NOUS

ILLUSTRÉS PAR A. MAYEUR

COLLECTION
LES PANATHÉNÉES
AUX ÉDITIONS
LAPINA

I

LES REGRETS DE M. VERLISSE

En manière de frontispice
et à la place d'un fleuron

—

La Rencontre.

Un soir dans une pauvre auberge, au bord de la route, le long du fleuve, j'ai rencontré ma vie....

Elle était assise et son coude reposait sur la table. Un verre ébréché et à moitié vide, de liqueur amère, un pain dur. Sa robe grise était déchirée et ses yeux tristes. À travers la vitre, elle regardait la route, le fleuve..

Elle ressemblait au Souvenir parce qu'elle était si pâle qu'elle avait l'air d'être morte, et pourtant c'était ma Vie, et je ne pensais plus la rencontrer jamais —

J'avais ouvert la porte bien doucement et je te tenais par la main. Nous n'avions pas fait de bruit et cependant elle nous avait entendus et elle avait tourné la tête.

Alors, j'ai fait un pas et je t'ai montrée à elle. Elle a presque souri en nous voyant, puis elle a caché son visage en ses mains et j'ai vu trembler ses épaules amaigries, car elle comprenait ce que j'allais lui dire.

Je lui ai dit : « Nous voici. Regarde ses yeux purs, sa bouche, ses joues, tout son visage. Elle m'attendait dans la forêt, près de la source, et elle m'a donné à boire. Il y avait un oiseau qui chantait et qui s'est tu, parce que le silence est le langage de l'amour. »

C'était dans une pauvre auberge, au bord de la route, le long du fleuve, un soir....

—

La Rose

—

Ô belle Rose, je t'aime !

Dans ton haut vase de verre, tu étais là, odorante, empourprée et épanouie, et tu semblais baiser de tous tes pétales, l'air parfumé qui t'environnait.

Ô belle Rose, je t'aurais, certes, mieux admirée si tu avais été seule sur la table ronde, auprès du divan aux coussins de soie, mais elle était là, ta rivale de grâce et de beauté...

Elle était là avec son visage, ses yeux, sa bouche, ses cheveux, avec tout son corps, avec ses mains abandonnées, ses mains indulgentes aux caresses.

Tu as vu mon bonheur ô Rose ! Tu as vu qu'elle m'a laissé contempler ses yeux et son visage, entrevoir son sein si doucement gonflé, mêler mes doigts aux siens.

Ô Rose, tu as vu mon bonheur !

Tu fus le témoin de ma joie. Tu étais odorante, pourpre et épanouie. Ce matin, elle m'a envoyé un de tes pétales. Il était apposé au bas de sa lettre comme un sceau parfumé !

Ô Rose d'amour, je t'aime !

Henri de Régnier

LES REGRETS DE M. VERLISSE

Le yacht l'*Ariane* rentrait en France, après une assez longue croisière dans le Levant. D'Alger, sa dernière escale, il gagnait directement Marseille. Déjà les falaises de la côte commençaient à apparaître à l'horizon. Vaporeuses et pâles, elles montaient lentement de la mer bleue.

Maurice Lartaud, installé dans un large fauteuil d'osier, les regardait dessiner sur le ciel leur ligne indécise. Il était seul sur la passerelle où le second, M. Ragan, qui était de quart, se promenait de long en large, les mains dans les poches de sa veste de coutil blanc. Soudain, M. Ragan se retourna à la voix du jeune homme :

— Dans combien de temps arriverons-nous, Monsieur Ragan ?

M. Ragan était court, gros et barbu. Il souleva sa casquette à galons d'or, passa la main sur son front dont la blancheur contrastait avec le hâle de son visage et répondit avec un bon accent méridional :

— Eh bien ! mais nous serons à Marseille pour dîner, Monsieur Lartaud, et vous pourrez, ce soir, manger la bouillabaisse chez Roubion, si le cœur vous en dit !

Manger une bouillabaisse chez Roubion paraissait sans doute au brave marin un des plus grands plaisirs de ce monde, car sa face poilue s'éclaira et il se frotta les mains vigoureusement. Maurice Lartaud fit un geste d'indifférence. Oui, il mangerait, ce soir, une bouillabaisse, mais demain, il ne verrait plus sur cette passerelle la bonne bille de M. Ragan, ni la figure maigre de M. Lange, le capitaine ! Il ne sentirait plus le vent de mer lui caresser le visage. Il ne foulerait plus de ses semelles élastiques le pont de l'*Ariane*. Il ne s'allongerait plus paresseusement en ce fauteuil d'osier. Il ne fumerait plus son cigare devant le clair horizon marin. C'en serait fini des longues heures d'indolence et de rêverie, de cette existence variée et monotone à la fois, qu'il menait depuis deux mois, et soudain il se sentit plein de regret et de tristesse. Il aurait voulu que cette vie durât toujours, que l'*Ariane* continuât sa route indéfiniment. Pourquoi ce stupide bateau se dirigeait-il avec obstination vers cette terre qui grandissait peu à peu et que lui, Maurice Lartaud, n'avait aucune envie de revoir ? Qu'avait-il à faire à Marseille, quand il y a tant d'autres ports dont l'aspect offrirait à ses yeux des spectacles nouveaux ? Mais non ! c'en était fini du voyage et bientôt l'*Ariane* jetterait l'ancre pour de bon !

Maurice Lartaud soupira. Avoir visité la Sicile, la Grèce et l'Archipel, Constantinople et le Bosphore, Malte et Tunis, lui semblait peu de chose en ce moment et il maudissait sincèrement les escales trop courtes, les circonstances de la route qui avaient empêché tel ou tel projet. On n'avait passé que deux jours au Mont Athos et on n'était pas allé à Rhodes. En lui-même, il maugréait. Quoi, n'avoir pas mieux profité de cette belle et docile *Ariane* qui vous porte où l'on veut, où l'on a son lit fait et son repas servi, la ramener ainsi croupir à Marseille, au fond d'un port puant, quand elle ne demande qu'à montrer partout sa coque blanche et ses gais pavillons ! Vraiment, c'était idiot. M. Ragan devait être de cet avis.

— Et vous, Monsieur Ragan, êtes-vous content de rentrer à Marseille ?

M. Ragan, qui était resté debout devant Maurice Lartaud et qui sifflotait un air de café-concert, se dandina :

— Té, Monsieur Lartaud, mais ça ne m'ennuie pas. Je suis du pays, vous savez.

Maurice Lartaud toisa le second d'un air de pitié.

— Alors, vous, un marin, vous vous plaisez à terre ?

M. Ragan ricana. Il avait facilement le mal de mer, aurait aimé à travailler dans un bureau et était collé avec une petite chanteuse qui le battait.

Cependant, Maurice Lartaud s'était levé. La côte se rapprochait, devenait plus solide et plus nette. Il pivota sur ses talons et se dirigea vers l'escalier. Tout en marchant, il réfléchissait. Décidément, il était navré. Il regardait le bout de ses souliers de peau blanche. Il les imagina avec dégoût foulant le pavé de la Cannebière. De Marseille il devrait immédiatement gagner Paris. Cette idée le consterna.

A Paris, la pensée de rencontrer des gens de connaissance, de revoir ses amis, l'horripila. Il faudrait se réhabituer à leurs usages, à leurs caractères, à leurs manies, se remettre au courant de leurs habitudes et au fait de leurs histoires, reprendre son rang dans la file. Tandis qu'ici...

Tout à coup, Maurice Lartaud se découvrait pour ses compagnons de voyage une sympathie et une amitié qu'il n'aurait jamais crues si fortes et qui, maintenant qu'il allait se séparer d'eux, lui apparaissaient subitement dans toute leur vivacité. Il s'apercevait qu'il s'était formé entre eux et lui, durant ces semaines de vie commune, des liens étroits. D'avoir vécu une existence spéciale, il était résulté entre eux une sorte de franc-maçonnerie intime. Ils avaient vu les mêmes choses, obéi à des préoccupations pareilles. On composait une sorte de petit monde particulier. On était du « même bateau », quoi, dans toute la force du terme ! Et Maurice Lartaud, attendri et bienveillant, songeait avec émotion à l'excellente Mme Derville à qui l'*Ariane* appartenait. Il éprouvait pour elle une véritable reconnaissance. Et Jacques Derville, son fils, était vraiment un gentil garçon et un brave camarade, et Jules Dupré aussi, ce bon Jules, et le Colonel et Mme de Nalenche, des gens parfaits, et Charles et Guy Corbet, de bons petits, et les Verlisse, le mari et la femme...

Avec un léger embarras, Maurice Lartaud détourna sa pensée des Verlisse et la reporta avec force et insistance sur Mme Derville. Ah ! de celle-là, il n'y avait rien à dire. Toujours égale, gracieuse, serviable, un peu autoritaire cependant, de même que Jacques Derville était parfois assommant avec ses prétentions au chic et ses observations déplacées sur vos cravates, vos souliers. Le Colonel et Mme de Nalenche n'étaient pas toujours la gaîté même et Jules Dupré, avec ses plaisanteries continuelles, était, des jours, triste à vous faire mourir. Mais qu'importaient ces petites imperfections. On s'accommode de tout, à bord. Que ne faudrait-il pas pour gâter le plaisir d'une belle journée en mer, quand le ciel est bleu et le vent frais ? Est-ce qu'on avait fait seulement attention aux chamailleries et aux querelles incessantes des Verlisse !

Maurice Lartaud s'arrêta et considéra les pointes de ses bottines. Depuis le départ d'Alger, Mme Verlisse n'avait pas paru. Elle était restée dans sa cabine, prétextant une migraine. Elle devait être guérie maintenant et elle était sans doute sur la dunette où il apercevait, groupés sous la tente de coutil, les passagers de l'*Ariane*. L'idée de revoir la jeune femme lui était agréable. Mme Verlisse était charmante. Il soupira. Et dire que dans quelques heures on se quitterait, que c'en serait fini de la bonne intimité du bord ! Où retrouverait-il une Mme Derville, si maternelle, si attentive ?

Il pressa le pas. Tout le monde était sous la tente. On avait fait toilette. Mme Derville, en complet gris, n'avait plus son béret marin.

Mme de Nalenche avait quitté le costume de bicycliste avec lequel elle étonnait Stamboul et Syracuse. Ces Messieurs aussi avaient renoncé à leurs tenues d'hommes de mer. On sentait des gens qui allaient bientôt être à Marseille. Seule Mme Verlisse, enveloppée d'une gandoura algérienne, était étendue languissante sur une chaise-longue, auprès de M. Verlisse, à califourchon sur un pliant, l'air penaud et embêté.

Maurice Lartaud, après avoir salué respectueusement Mme Verlisse s'était assis. Avant de se mêler à la conversation il attendit de savoir où elle en était. Quel souvenir du voyage qui finissait en était-il le sujet ? Parlait-on de Brousse, d'Athènes, de Kairouan ou de Candie ? On écouta. On parlait de Paris. Son nom était sur toutes les bouches. Le colonel de Nalenche le prononçait avec gravité, Jacques Derville avec entrain, Mme Derville avec mélancolie, Dupré avec importance, les frères Corbet en clignant leurs quatre petits yeux vairons. Seule, Mme Verlisse ne disait rien. Maurice Lartaud l'imita et, quand il la regardait longtemps, il s'apercevait qu'elle rougissait un peu sous son regard et détournait les yeux.

II

Maurice Lartaud s'assit à la table qu'il avait retenue et que lui indiquait respectueusement le maître d'hôtel. Derrière lui, autour de lui, la vaste salle bourdonnait de voix, éclatait de couleurs, ruisselait de lumières. Une musique de tziganes déchirait l'air chargé de parfums et d'odeurs. De sa place, Maurice Lartaud éprouvait, au spectacle de ces hommes et de ces femmes assemblés en ce lieu de luxe et de plaisir, un sentiment de bien-être qu'avivait une pointe d'ivresse délicate, celle que donne la vue de ce que Paris a de plus élégant et de plus parisien. Décidément, Armenonville, un beau soir d'été, était un endroit délicieux et unique. C'était justement pour jouir de cette impression qu'il y dînait seul. De temps en temps, il s'offrait ce divertissement égoïste, de goûter en liberté et sans que rien le dérangeât, le charme excitant de ce décor qui lui plaisait entre tous. Il y savourait en paix l'excellence d'un mets ou la qualité d'un vin et y jouissait à son aise de l'amusement des toilettes et du divertissement des visages.

Certes celui de Mlle Léonie d'Arty n'était pas dégoûtant à regarder, mais néanmoins il se félicitait que la personne à qui il appartenait ne fût pas assise en face de lui. Quoi qu'il en fût fort épris depuis trois semaines, et qu'elle fût agréable à voir, elle eût été, ce soir, parfaitement inutile à la sorte de plaisir qu'il était venu chercher ici. Il ne lui en demeurait pas moins reconnaissant de ceux qu'elle lui avait donnés avec abondance et qui le mettaient en état de considérer sans envie et sans désir les belles personnes qui, aux tables voisines, montraient leurs charmes divers. Il était assez désintéressé, si l'on peut dire, pour profiter tranquillement à distance de leur compagnie platonique. Il lui suffisait qu'elles ornassent le parterre, sans qu'il eût l'idée d'en cueillir aucune, autrement que d'un regard distrait, amusé et connaisseur.

Du reste, ce soir-là, Maurice Lartaud était en humeur de solitude. Aussi en entrant, avait-il serré vivement et sans s'arrêter, la main de Jacques Derville qu'il apercevait là-bas. De temps en temps, Maurice, tout en mangeant, le regardait. Le pauvre garçon traitait des amis et des amies. Maurice Lartaud le plaignait sincèrement. Les plats ne lui arrivaient que dépouillés de leurs meilleurs morceaux. Il le voyait s'interrompre de boire pour répondre sans doute à quelque question oiseuse ou rire à quelque plaisanterie stupide. Il lui fallait s'occuper de ses invités et soutenir la conversation, tandis que lui, l'heureux Lartaud, n'avait qu'à s'inquiéter de lui-même, pouvait déguster posément, boire à petites gorgées, regarder où bon lui semblait, sans écouter des raseurs ou subir des importuns.

— Tiens, c'est toi, Maurice, tu es donc de retour.

Maurice Lartaud sursauta. Le personnage qui lui frappait sur l'épaule était un gros garçon à teint hâlé, à la courte barbe noire. Maurice le toisa et reconnut un de ses camarades de collège, Hector Lelandais. C'était bien Lelandais, mais Lelandais lui rappelait quelqu'un d'autre.

— Et bien, et ce voyage, ç'a été chic ?

Maurice Lartaud leva les yeux avec étonnement et répondit avec sincérité :

— Quel voyage ?

Lelandais s'esclaffa :

— Quel voyage ! Non, quel type ! mais ta croisière en yacht.

Maurice Lartaud répondit négligemment :

— Ah ! oui, ma croisière, je te raconterai ça... mais, ce soir, j'attends quelqu'un... ah le voici !

Maurice Lartaud soulevé sur sa chaise regardait avec attention vers la porte d'entrée et fit un signe qu'il avait l'air d'adresser à la personne attendue, en même temps qu'il tendait deux doigts à Lelandais qui s'éloignait en haussant les épaules. Maurice le considérait curieusement. Soudain, il eut un éclair de mémoire. Lelandais ressemblait à Ragan, à Ragan, le second de l'*Ariane*. De dos, c'était frappant.

Maurice Lartaud réfléchissait. C'était vrai, tout de même, qu'il venait de passer deux mois en mer, et il l'avait complètement oublié. Deux mois. Où donc était-on allé déjà ? Mais oui, la Sicile, la Grèce, Constantinople, Tunis ! Il s'étonna. Tout cela lui paraissait lointain, vague, improbable. Il n'y pensait plus jamais. Il lui avait suffi de remettre le pied sur le pavé de Paris pour que ces deux mois d'absence fussent comme s'ils n'avaient jamais eu lieu. Il avait retrouvé au retour ses habitudes toutes prêtes, ses occupations toutes chaudes. Il y était rentré avec une précision merveilleuse, il s'était remboîté dans son existence avec une exactitude parfaite. A son ancienne vie, il s'était contenté d'adjoindre une nouvelle maîtresse, Mlle Léonie d'Arty. Depuis longtemps, il ne s'était pas senti auprès d'une femme plus dispos. Ç'avait été sans doute le bénéfice de sa longue abstinence marine. C'était vrai tout de même qu'il avait croisé deux mois en compagnie de ce gros Jacques Derville. Et dire qu'on se rencontrait à chaque instant et qu'on n'avait jamais reparlé de l'*Ariane!* On se disait bonjour, on échangeait quelques blagues. Il semblait bien, vaguement, qu'on eût fait quelque chose ensemble, mais quoi?

Maurice Lartaud reposa son verre sur la nappe. Est-on léger, tout de même! Ainsi Mme Derville, qui avait été si bonne pour lui, un jour, en Crète, qu'il avait appelée sa mère, il n'était allé la voir qu'une fois. Tout à l'heure, il n'avait même pas demandé de ses nouvelles à Jacques. Mais quoi, Paris est Paris. Et ces braves Nalenche, il leur avait posé des cartes, et cependant, il avait promis une fois à Mme de Nalenche de la mener souper au cabaret.

L'idée des Nalenche, vieux ménage militaire, dînant avec lui à Armenonville, le réjouit extrêmement et il but coup sur coup deux coupes de champagne. Il pensa à Jules Dupré et aux frères Corbet qui, par économie, n'avaient qu'une maîtresse pour eux deux, ce dont s'offusquait fort le brave Ragan qui partageait la sienne avec tous les figurants du Concert où elle chantait. C'est lui qui serait comique à Armenonville ! Il commanderait sûrement une bouillabaisse. Non ! la seule personne du yacht qui ferait bien dans cette salle éclairée, pleine de parfums et de musique, ce serait la petite Mme Verlisse.

Maurice Lartaud but un nouveau verre de champagne. Les tziganes l'énervaient. Leurs archets tiraient des cordes d'âpres et voluptueuses mélodies... Maurice songeait. Ah ! Madame Verlisse, Madame Verlisse ! Quelle drôle de personne ! et Maurice la revoyait escortée de l'éternel Verlisse, querelleur et furibond. Sa silhouette se dressait entre les colonnes du temple d'Agrigente et de l'Acropole d'Athènes, dans les rues de Stamboul ou de Brousse. Il la revoyait à Cnossos, assise dans le siège de pierre qui avait peut-être été le fauteuil du Roi Minos. Ce n'était plus la salle d'Armenonville qui était maintenant devant ses yeux ; c'était la rade d'Alger, son eau nocturne où se reflétaient les lumières du port et de la ville étagée, sous un ciel d'étoiles éblouissantes ; c'était l'*Ariane* à l'ancre, silencieuse et déserte ; c'était un visage entrevu dans l'ombre ; c'était la solitude de la belle nuit d'Afrique et l'odeur de ses jasmins, dont les fleurs, enfilées en chapelet, parfument les mains et grisent la pensée et les sens.

Soudain, Maurice Lartaud tressaillit. Devant lui la bouteille de champagne vide flottait dans son seau à glace. Les tziganes s'étaient tus. De loin Jacques Derville, qui s'en allait, lui faisait signe de la main.

III

Le domestique entra dans le fumoir, apportant une carte de visite. Maurice Lartaud la prit entre ses doigts, l'éleva à la hauteur de ses yeux. A travers la fumée de sa cigarette, il y lut le nom de *Ludovic Verlisse.* Maurice jeta sa cigarette :

— Faites entrer M. Verlisse au salon, j'y vais...

Devant la glace de la cheminée, Maurice Lartaud se tint debout un instant, frisa sa moustache, tira ses manchettes, puis il se dirigea vers la porte et l'ouvrit.

— Eh bien, mon cher Verlisse, quelle bonne surprise !

Les deux hommes se serrèrent la main. Maurice reprit :

— Je ne vous demande pas des nouvelles de Mme Verlisse, je l'ai aperçue l'autre jour au Bois...

M. Verlisse prit un air embarrassé, puis brusquement il se décida :

— Ma foi, mon cher Lartaud, c'est justement à propos de cette rencontre que je suis venu vous voir. Je serai franc avec vous et j'aime mieux vous dire tout bonnement ce qui me tracasse. Eh bien ! voilà. J'ai remarqué que vous aviez l'air de nous éviter. Vous avez salué Mme Verlisse — oh ! fort poliment ! — et vous vous êtes esquivé comme une ombre. Oui, mon cher, comme une ombre...

Maurice Lartaud fit un geste de dénégation. Est-ce que, par hasard, Verlisse, non content de se disputer avec sa femme, allait maintenant lui chercher querelle. Il regarda M. Verlisse. Tout de même, M. Verlisse n'avait pas trop l'air d'avoir cette intention. Assis dans un fauteuil, il considérait la coiffe de son chapeau. Tout à coup, il soupira profondément et reprit :

— Ah ! je ne me trompe pas, moi. J'ai bien deviné votre pensée, mon cher. Vous vous êtes dit : les Verlisse ! ah zut ! j'en ai assez d'eux. Je les ai supportés sur le bateau parce que je ne pouvais pas faire autrement, mais à Paris, non, et vous avez passé, raide comme une barre. C'est bien ça, hein ?...

M. Verlisse ne laissa pas à Maurice Lartaud le temps de répondre et continua :

— Eh bien ! mon cher, vous avez tort ! Tenez, il ne faut pas nous juger sur ce que nous étions pendant cette maudite croisière. Mais nous sommes des gens tranquilles, sapristi, des gens calmes, des gens agréables. Les vrais Verlisse, un bon petit ménage qui s'entend et qui s'adore et pas du tout les enragés que nous étions sur l'*Ariane*. Ma parole, je ne sais pas ce qui nous avait pris sur ce diable de bateau. Je crois que c'était l'air de la mer. Enfin, bref, une fois à terre, plus rien. C'est curieux, tout de même.

M. Verlisse regardait Maurice Lartaud qui riait. Il reprit d'un air un peu vexé :

— Vous avez beau rire, mon cher, ce n'est pas si drôle que vous croyez et vous ne ririez pas tant si vous saviez ce qui m'est arrivé.

LES REGRETS DE M. VERLISSE

La mine de M. Verlisse était si piteuse que Maurice Lartaud retrouva son sérieux.

— Et qu'est-ce qui vous est donc arrivé, mon cher Verlisse ?

M. Verlisse leva les bras avec désespoir. Il regarda autour de lui, alla fermer la porte du fumoir qui était restée entr'ouverte et se planta debout devant Maurice Lartaud.

— Vous vous souvenez de notre séjour à Alger et de la dispute qui eut lieu la veille de notre départ, à dîner, entre Madame Verlisse et moi. Vous vous souvenez aussi qu'après dîner Derville, Jules Dupré et les petits Corbet se firent conduire à terre. J'étais si exaspéré que l'idée de passer la soirée en face de Madame Verlisse me fut insupportable et, ma foi, je me joignis à Dupré, à Derville et aux Corbet. Je pensais que marcher un peu me calmerait. Vous supposez bien que je n'avais pas l'intention de suivre ces gaillards où ils ne manqueraient pas d'aller et que je n'avais guère l'intention de visiter les bouges d'Alger en leur compagnie, et cependant j'aurais mieux fait d'aller avec eux...

M. Verlisse soupira de nouveau.

— Nous voilà donc sous les arcades de la rue Bab Azoum. Nous nous promenions depuis un moment, quand nous rencontrons cette espèce de guide en culottes bouffantes et en chechia que nous avions employé dans l'après-midi pour conduire ces dames à la Kasbah. Il était avec un autre individu de son espèce. Les deux drôles nous abordent. Conciliabule et voici Derville et les autres partis et moi resté seul avec Ali, je crois que c'est ainsi que s'appelait le premier de ces moricauds. Je l'avais gardé avec moi pour m'accompagner, parce que je ne me souciais pas de m'égarer. Il me demande où je veux aller. Je lui réponds que je veux me promener et qu'il n'a qu'à me suivre sans rien dire. Il faisait une nuit magnifique, une nuit douce et qui semblait fraîche. Ah ! ouiche, au bout d'une demi-heure de marche, j'étais en nage et je n'en pouvais plus.

Je m'étais arrêté au coin d'une rue et je m'épongeais le front. Ali me considérait avec commisération. J'avais soif et je lui dis de m'indiquer un endroit où je pourrais m'asseoir et me rafraîchir.

M. Verlisse semblait avoir très chaud.

— C'était moi, à présent qui suivais Ali. Nous parcourûmes plusieurs ruelles obscures et puantes. Au bout d'un certain temps de ce manège, Ali s'arrêta à une porte. Elle s'ouvrait seule dans un grand mur muet, je pensai que c'était quelque café arabe où il me conduisait. Le drôle frappa au vantail. Nous attendîmes assez longtemps. Une vieille femme portant une lampe de cuivre nous ouvrit. Nous entrâmes et nous montâmes les marches d'un escalier sombre, puis nous nous trouvâmes dans une salle assez spacieuse. Des divans, garnis de coussins en faisaient le tour et je m'y laissai tomber avec délice.

M. Verlisse s'agita sur son fauteuil où il semblait mal à l'aise.

— Oui, avec délice, car cette promenade m'avait éreinté. Aussi pourquoi m'étais-je avisé de quitter le yacht ! C'était la faute de Madame Verlisse et de sa détestable humeur, car je la détestais, cette pauvre petite, je la détestais sincèrement, bêtement, stupidement, à ce moment-là. Je lui en voulais. J'étais irrité, énervé et j'aurais volontiers griffé les coussins qu'Ali avait accumulés autour de moi, avant d'aller s'accroupir dans un coin de la pièce sur ce même divan, où il avait ramassé une sorte de tambourin d'où il tirait une espèce de mélodie barbare, basse, sourde, rauque qu'il accompagnait d'un chant guttural, si abrutissant, si monotone que j'en fermai les yeux. Je n'avais pas le courage de l'interrompre pour lui demander si l'on n'allait pas bientôt m'apporter quelque chose à boire dans cet étrange café où l'on ne s'occupait guère des clients, mais je ne me sentais pas la force de parler et je restais les paupières closes à écouter cet imbécile avec son tambourin, quand, tout à coup, le bruit d'un pas me tira de torpeur.

M. Verlisse s'était levé et avait saisi Maurice Lartaud par le bouton de son habit et gémissait :

— Je n'avais pas eu le temps de faire un mouvement, mon cher, que la diablesse était assise à côté de moi et m'avait passé son bras autour du cou. Je voyais près du mien son visage sombre et fardé, ses yeux éclatants, son nez aux narines larges, son sourire humide et charnu où luisait la blancheur des dents. Je sentais contre le mien son corps souple et pressant. Elle était vêtue d'une chemisette de mousseline pailletée à travers laquelle je distinguais la peau obscure, d'une veste brodée et d'un large pantalon bouffant serré aux chevilles. De grandes boucles pendaient à ses oreilles, des bracelets tintaient à ses poignets. Ah ! mon cher ! elle était laide et excitante, cette petite Kabyle ! Je voulus me débarrasser d'elle, mais elle était plus forte que moi, souple et taquine comme une jeune bête. Je la repoussais de mon mieux, mais elle s'amusait au jeu. Nous nous échauffions. Son rire rauque retentissait. Il sortait d'elle une odeur d'épice, de chair, d'encens, de rose. A chaque effort pour me défaire de son étreinte, je la respirais tout entière. Peu à peu je m'énervais. La tête me tournait, je ne savais plus ce que je faisais. Renversée sur le divan, elle continuait à rire de son rire rauque. Je voyais au-dessous de moi son visage cynique et fardé. Ah ! la bougresse, la bougresse !

Le pauvre M. Verlisse s'était rassis.

— Oui, mon cher Lartaud, moi, moi qui vous parle, moi sur ce divan, avec cette moricaude, et sous les yeux d'Ali qui ne cessait pas de gratter la peau de son tambour, moi, le mari de Madame Verlisse ! Mais aussi, c'était sa faute ! Ah ! les voyages, maudit Alger, va !

Maurice Lartaud n'écoutait plus. Il revoyait dans le lointain de son souvenir, la rade nocturne et étoilée, le pont obscur et désert de l'*Ariane*, la chaise longue d'osier où s'allongeait une blanche forme étendue, il sentait une main douce qui frôlait sa main dans l'ombre, une bouche qui répondait à la caresse de la sienne, un corps qui s'abandonnait. Il revivait l'heure unique et brusque, l'heure rapide et furtive où il avait tenu entre ses bras la jolie Mme Verlisse, en cette nuit tiède, en face d'Alger la blanche, d'où venait sur la mer calme l'odeur grisante des jasmins et d'où le brave M. Verlisse avait rapporté le remords qui l'accablait sur son fauteuil, tandis qu'il s'épongeait le front en soupirant et concluait mélancoliquement :

— Voyez-vous, mon cher, quand on a une bêtise comme celle-là à se reprocher envers sa femme, on file doux. D'ailleurs cela ne m'est pas difficile, j'ai un caractère excellent, quand l'air de la mer ne m'excite pas... Et la preuve que c'est moi qui n'étais pas dans mon naturel sur l'*Ariane*, c'est que, dès que je suis redevenu ce que j'étais d'ordinaire, j'ai retrouvé ma pauvre petite Lucie, ce que je l'avais toujours connue, la plus douce, la plus patiente des créatures. Et elle n'a rien à se reprocher, elle...

Et M. Verlisse, qui s'était levé pour de bon, cette fois, ajoutait en tendant la main à Maurice Lartaud :

— Venez donc à la maison, un de ces jours, ma femme sera très contente de vous revoir. C'est elle qui a voulu que je vienne chez vous pour vous montrer le Verlisse véritable, au lieu de l'énergumène que vous auriez, pardieu, raison de vouloir couper. C'est convenu, n'est-ce pas, mais pas de blague et pas un mot de la petite Kabyle. C'est égal, quel corps elle avait, la petite garce...

LA CONFESSION NOCTURNE

LA CONFESSION NOCTURNE

Ce que j'ai à vous raconter pourrait aussi bien se passer à Paris qu'à Londres, à Madrid qu'à Genève, à Vienne qu'à Amsterdam et cependant c'est à Venise que je fus témoin du curieux spectacle que je veux vous rapporter. Ne croyez donc pas que j'aie choisi cette ville célèbre pour donner de la couleur à mon histoire ou pour me fournir un prétexte à des descriptions qui ne vous en apprendraient guère que ce que vous en savez sans doute déjà.

Ainsi rassurez-vous. Je ne vous vanterai pas le charme mystérieux de la Cité incomparable; je ne m'exalterai pas sur la beauté lumineuse de la lagune, sur la complexité dédalienne des canaux, sur le pittoresque inextricable des « calli »; je vous ferai grâce des gondoles et je ne les comparerai ni à des cygnes noirs, à la façon des romantiques, ni à des quartiers de lunes funèbres, à la manière des décadents; je ne vous ferai pas remarquer l'élégance tout égyptienne de leur fer de proue dentelé qui fait songer à l'épervier sacré qui s'éployait au front de la reine Cléopâtre, ni les rapports que l'on peut découvrir entre la batte d'Arlequin et la rame du barcarol. De même, je vous épargnerai la visite des musées et des églises et les dissertations sur l'architecture des façades dont s'enorgueillissent les principaux palais; je ne vous mènerai pas à ceux que je connais et que vous ignorez et qui, dans certains quartiers retirés et lointains, cachent derrière leur décrépitude des jardins minuscules et charmants où poussent des courges baroques et où fleurissent des sauges écarlates. Je ne vous demanderai d'entrer ni au Palais ducal, ni dans la basilique de San-Marco; je ne vous promènerai pas sur la Piazzetta et sous les arcades des Procuraties neuves ou vieilles. Je ne vous ferai asseoir ni au café Quadri, ni même au café Florian dont les petites salles peintes sont si hospitalières qu'elles restent ouvertes jour et nuit. Non, venez seulement avec moi jusqu'à San Moïsè. Prenons cette « calle » obscure. Encore quelques pas. C'est ici. Maintenant, poussez cette porte et entrez.

***

Le bar Cattamuzzi, où nous sommes, est un des mieux achalandés et des mieux fournis de Venise, celui où les lampes électriques sont les plus aveuglantes, où la lumière est la plus crue, où tout vous isole le mieux de l'étonnant décor mélangé de byzantin et de rococo, où vous avez vécu tout le jour. En entrant là, vous laissez au seuil tous les rêves dont votre romantisme s'est enivré. Venise est vivante d'un prestige qui nous capte en son sortilège. Il nous met aux épaules la baüta de satin noir et au visage le masque de carton blanc. Qui ne s'est imaginé participer à son Carnaval et y poursuivre des aventures à la Casanova et à la Gozzi ? Qui ne s'est vu, en pensée, pénétrant dans les salles du Ridotto et poussant des sequins d'or sur la table de pharaon ? Venise se prête merveilleusement à ce besoin de vies imaginaires qui est en nous, mais toutes ses fantasmagories s'évanouissent au seuil du bar Cattamuzzi. Là, vous êtes dans un lieu vraiment et exclusivement moderne. Je vous l'ai déjà dit, vous n'êtes pas plus à Venise qu'à Paris, à Londres ou à Amsterdam ou ailleurs. Devant vous, le comptoir dresse ses nickels et ses cristaux étincelants. Cent flacons recèlent tous les alcools. Le barman, en veste blanche, officie avec des gestes précis et compose des breuvages mathématiquement calculés.

Autour des petites tables luisantes et rondes sont assis des gens d'aujourd'hui. Tout y est de notre temps et nulle part le sortilège vénitien ne s'exerce moins que là... On y redevient soi-même et on y abandonne tous les déguisements romanesques dont on s'est affublé à sa fantaisie. C'est pour cela que, parfois, quand je suis à Venise et que je m'y sens trop dominé par elle, j'entre dans ce bar Cattamuzzi. Je m'assieds à une de ces petites tables rondes et, grâce à la lumière nette et violente, aux éclairs du nickel et des cristaux, à cette modernité banale qui m'entoure, je m'y délivre un instant de Venise et de ses enchantements. Je reprends pied dans la réalité. Le bar Cattamuzzi est parfait pour ces cures momentanées.

*
* *

J'étais donc là, un soir, assis à une des tables rondes. Autour de moi, sous la lumière éclatante, on consommait et on parlait. Je m'amusais à des bribes de conversations saisies au vol, tout en observant le public qui remplissait l'établissement. Il était composé, autant que j'en pouvais juger, de commis de banque et de magasin, d'employés, de petits bourgeois et de quelques étrangers. Tous ces gens éprouvaient un plaisir évident à se trouver dans ce lieu bien éclairé, propre, net, méthodique. Cela les reposait du dédale vénitien, des calli obscures, des canaux, de la noble vétusté des maisons qu'ils habitaient sans doute. Ils causaient bruyamment. Parfois la porte s'ouvrait pour une sortie ou une entrée.

Je remarquai à peine celle du personnage qui devait bientôt attirer mon attention.

Ce n'est que lorsqu'il fut debout devant le comptoir que je m'aperçus de sa présence. C'était un homme d'un certain âge, d'aspect minable et d'allure craintive. Il était vêtu d'une redingote extrêmement râpée, mais très propre. Son pantalon usagé tombait sur des souliers déformés par l'usure. De taille moyenne, maigre et voûté, il semblait mal à l'aise d'exhiber sa pauvreté sous cet éclairage brutal.

Cette attitude si humble et si embarrassée me fit le dévisager plus soigneusement. Sa face rasée était morne et insignifiante. Il était du type de ces gens à qui la vie n'a pas réussi, qui en sont les épaves médiocres et qui en gardent une sorte de timidité. Tout en lui disait l'échec et le déboire. Il évoquait une de ces fins d'existence lamentables et quelconques qui s'achèvent dans l'abandon et la solitude. Sans doute, ce soir, il avait éprouvé le besoin d'un peu de chaleur et de lumière et il était entré dans ce bar, pour se sentir un instant moins seul et peut-être pour y trouver en quelque alcool une minute d'oubli.

Cependant il avait fait un signe au barman, et je vis sa main tremblante se tendre vers le verre commandé.

Il le tenait maintenant entre ses doigts et le serrait comme s'il eût craint de le laisser tomber. Il s'était tourné de mon côté et je le voyais très distinctement. Je fus frappé du changement subit et profond de sa figure. Tout à l'heure insignifiante et quelconque, elle avait pris soudain une solennelle expression de gravité. Au lieu de boire, il considérait avec respect ce verre plein, comme s'il eût contenu quelque élixir mystérieux ou quelque philtre enchanté. Puis son visage changea de nouveau et un espoir immense s'y peignit, une attente passionnée et l'extraordinaire et misérable tragédie commença.

Elle n'eut qu'un acteur, ce visage, et qu'un accessoire, ce verre, tremblant dans une main déjà sénile. C'était à lui que l'homme s'adressait. Il le convoitait de son désir, l'appelait de toute sa passion, le suppliait de toute sa détresse, le repoussait de toute sa colère, l'invectivait de toute sa haine, lui revenait repentant et le rejetait avec dégoût. Il l'adorait et le détestait. Ce visage insignifiant, quelconque était devenu d'une inépuisabe éloquence. Cent masques s'y succédaient en leur vivante diversité et je demeurais stupéfait devant ce spectacle énigmatique, devant cette surprenante pantomime faciale dont je ne m'expliquais pas le sens. Qui était cet homme et quel hasard l'avait fait entrer dans ce bar? Qu'implorait-il de ce verre d'alcool qu'il suppliait, maudissait et adorait tour à tour? Venait-il lui demander de lui rendre l'illusion de son passé, de revivre par lui sa vie manquée, sa vie perdue, sa vie magnifique peut-être, sa vie douloureuse et terrible, sa vie dont la déchéance et la chute avaient eu pour cause ce poison qu'il tenait dans sa main déjà sénile? Etait-ce un appel à un Dieu puissant ou le geste d'obéissance à un Démon détesté? Qu'en savais-je? Mais je regardais avec une émotion poignante cette sorte de confession muette qui déroulait à mes yeux ses tragiques péripéties.

Et le plus singulier, c'est que personne, des assistants, ne faisait attention à cette scène dont l'acteur demeurait à tous comme invisible et inexistant. Autour de lui, les gens continuaient à causer, les barmen à servir, la lumière à ruisseler. Maintenant c'était fini, elle n'éclairait plus qu'un homme debout, proprement et pauvrement vêtu dont le visage était redevenu médiocre et insignifiant et qui, ayant reposé sur le comptoir son verre qu'il n'avait pas vidé, se dirigeait vers la porte de cette même allure lasse et morne qu'en entrant, comme s'il avait compris qu'il n'y a pas de philtre qui nous rende à nous-même ou, peut-être, intérieurement fier d'avoir affronté et dédaigné le Démon dont il avait tenu entre ses doigts crispés, à portée de ses lèvres, le délice empoisonné...

***

Certes, j'aurais pu me renseigner sur cet inconnu. Tout se sait à Venise et l'indifférence des habitués du bar Cattamuzzi prouvait que ce n'était pas la première fois qu'ils étaient témoins de cette scène. Elle avait dû même se renouveler souvent, mais je préférai croire qu'elle avait eu lieu pour moi seul. Aussi ne suis-je jamais retourné à ce bar Cattamuzzi pour mieux garder le souvenir de cette bizarre et énigmatique apparition.

J'aurais pu bâtir là-dessus tout un roman, mais j'ai mieux aimé évoquer sans commentaires, en sa poignante réalité, l'étrange passant qui s'est montré un instant à moi, parmi l'étincellement des nickels et des cristaux, sous la lumière violente et dure d'un lieu crûment et banalement moderne, le plus moderne et le moins vénitien assurément de cette Venise qui mêle désormais, pour moi, aux fantômes de son passé, cette figure sans nom et ce visage sur lequel se joua le cabotinage peut-être d'un maniaque ou le tourment pathétique d'une âme misérable et douloureuse...

LA TENTATION

LA TENTATION

Il y a, dit-on, de mauvais riches, mais il y a aussi de mauvais pauvres et peut-être eussè-je été l'un ou l'autre si la fortune n'avait pris soin de me maintenir dans une honnête médiocrité. J'ai accepté cet état intermédiaire sans trop rien dire et sans y prendre ni le mépris, ni l'envie des richesses. L'argent m'est toujours apparu et m'apparaît encore comme un avantage considérable et je trouve qu'il n'y a lieu ni de le dédaigner outre mesure ni de le désirer avec excès. L'argent est ce qu'il est, et, après tout, puisque nous parlons franc, j'aurais eu plutôt une tendance à être quelque peu sensible aux facilités qu'il donne à vivre comme on le veut et tel qu'on se veut. Néanmoins, j'ajoute que je n'ai jamais rien tenté ni fait pour le posséder et le conquérir.

Quand j'y réfléchis, je constate que c'est une certaine paresse naturelle et un certain désintéressement intérieur qui m'ont empêché de me servir des moyens que j'aurais eu de m'enrichir. J'ai compris très vite que c'est un dur travail de devenir riche et qu'il y faut toute l'énergie et toutes les forces que l'on a en soi. J'admire ceux qui ont le courage de s'utiliser tout entiers, corps et âme, à cette tâche laborieuse, de s'y donner, de s'y sacrifier, d'en accepter la tyrannie, au risque de ne parvenir au but que trop tard et de ne l'atteindre qu'au moment d'en éprouver la vanité et le néant. Je sais bien que parfois la puissante et mystérieuse intervention de la chance vient en aide au hasard et qu'à eux deux, ils font de ces fortunes subites, déconcertantes qui semblent nées d'un caprice du sort et d'un jeu de la destinée, mais ces cas sont rares et ils ont je ne sais quoi d'effrayant.

Ce sont cependant les seuls qui me paraissent sinon enviables, du moins doués d'une certaine beauté fatale, mais tout le monde n'est pas de taille à affronter et à supporter ces soudaines fantasmagories de l'argent, ces montées au pinacle, ces sautes brusques de condition, et on en peut craindre les vertiges et s'y dérober par une sorte d'appréhension.

Ah ! c'est un singulier état d'esprit que cette timidité nerveuse devant l'apparition foudroyante de l'argent, ce retrait de tout l'être devant ses étincelantes faveurs, et cet état d'esprit, je le connais d'autant mieux que je l'ai éprouvé. Oui, il y a eu une minute dans ma vie où j'aurais pu passer, d'un bond, de ma médiocrité à l'opulence, oui, je n'aurais eu qu'un mot à dire pour que le miracle s'accomplît, et cette minute je ne l'ai pas voulue, ce mot, je ne l'ai pas prononcé...

Ce fut à l'occasion de l'achat qu'il venait de faire du royal château de Valclaireau, le plus magnifique, le plus historique des châteaux de France avec Versailles et Vaux, que je fus amené à faire connaissance du célèbre financier Claude Herburon, un des plus riches hommes des Deux-Mondes et qui est mort l'an dernier, comme vous savez, en laissant à l'État ses immenses richesses. Herburon voulait restaurer Valclaireau et on lui avait dit que je pourrais lui fournir certaines indications sur ce qu'avaient été jadis les jardins et les eaux de cette admirable demeure. J'y fus donc conduit par un ami, Jules Lérin. Herburon nous invitait à y venir passer deux ou trois jours. J'acceptai l'invitation plutôt pour le château que pour l'hôte. Peut-être pourrais-je lui éviter quelques restaurations maladroites, car, d'après ce que je savais des commencements, de la montée et de l'apothéose financière de Herburon, j'augurais plutôt mal de son goût. Parti de rien, Herburon était arrivé à tout. Il avait sué la misère, fait tous les métiers avant d'édifier la prodigieuse fortune qui avait fait de lui un roi de l'argent, mêlé à toutes les grandes affaires mondiales et châtelain de Valclaireau.

L'impression que me causa Claude Herburon fut assez conforme à celle que j'attendais. C'était un grand et gros homme d'une soixantaine d'années. Son corps vigoureux supportait une tête solide. Barbe et cheveux grisonnants, yeux aux lourdes paupières, avec sur le visage une expression à la fois de finesse et de brutalité, Herburon avait des manières brusques et avenantes. Les portraits que j'avais vus de lui donnaient assez mal l'idée du personnage, nullement antipathique en sa vulgarité puissante. Il nous reçut fort bien, Jules Lérin et moi, et de façon à nous distinguer du groupe de parasites et de familiers qui l'entouraient. Aussitôt, il nous prit à part et nous exposa ses projets. Il entendait consacrer une somme énorme aux restaurations de Valclaireau. Ceci dit, il nous emmena explorer ce qui restait des anciens jardins qu'il voulait reconstituer. Parfois, il s'arrêtait pour m'interroger. Planté devant moi, le cigare aux dents, ses mains dans ses poches, la voix rude, Herburon avait une certaine allure, mais le plus singulier était que cette allure ne m'était pas inconnue, cette voix il me semblait l'avoir déjà entendue ; elle évoquait en moi un souvenir que je ne pouvais préciser.

Ce « tour du propriétaire » dura presque jusqu'à l'heure du dîner. Il fut somptueux. Quand on fut sorti de table et qu'on fut passé dans la grande galerie décorée par Le Brun, Herburon se fit apporter les anciens plans du château et nous continuâmes notre conversation. Herburon ne s'y montra dépourvu ni de goût ni d'intelligence. Décidément, Valclaireau n'était pas tombé en de mauvaises mains et Herburon saurait en respecter les beautés. Je ne pus me retenir de lui en montrer ma satisfaction. A cet aveu, Herburon éclata d'un gros rire et posa sur mon épaule sa main puissante :

— Ah! ah! mon cher Monsieur, cela vous étonne que je ne sois pas une brute, un milliardaire imbécile, un parvenu grotesque. On vous a raconté bien des choses sur mon compte, n'est-ce pas? Que j'étais parti de bas, que j'avais traîné la guenille, fait tous les métiers et le reste?... Eh bien! mon cher, on ne vous a pas tout dit. Oui, j'ai crevé la faim, connu les pires détresses, travaillé de mes mains, porté des fardeaux, c'est vrai. Oui, j'ai déchargé des sacs de blé dans un port. Et même un soir, j'ai failli tuer, oh! pas pour voler, pour manger! J'avais l'estomac creux, je rôdais sur les quais déserts comme une bête furieuse. J'attendais le premier passant pour lui sauter à la gorge; il ne passait personne sur ce maudit quai, quand tout à coup, dans l'ombre, j'ai aperçu la braise d'un cigare. J'étais prêt à bondir, mais je ne sais quoi m'a arrêté ; au lieu d'attaquer, j'ai mendié. Quand le passant eut disparu, je regardai le billet qu'il m'avait glissé dans la main, je constatai qu'il m'avait donné cent francs, cent francs, entendez-vous, cent francs, et c'est avec ces cent francs que j'ai édifié ma fortune. J'en ai fait des millions, de ces cent francs, ils sont devenus ma puissance et ma richesse, tout, et ce Valclaireau où nous sommes, qui fut la demeure d'un roi et où ma royauté à moi ne se sent pas déplacée. Mon seul regret est de n'avoir pu rendre à ce passant inconnu ces cent francs, et avec quels intérêts ! Oui, monsieur, il y a un homme de par le monde qui ignore qu'il a chez Claude Herburon un crédit illimité.

Pendant que Herburon parlait, je sentais mon cœur battre violemment ; je n'avais qu'un mot à dire, un nom à prononcer, un simple nom de deux syllabes, et comme César passait le Rubicon, je passais, moi, le Pactole. Dans une sorte de vertige, j'évoquais ce quai nocturne d'Anvers, son odeur de marée et de goudron, les hautes coques des navires et cette ombre surgie soudain devant moi, cette ombre de misère et de détresse, me criant sa faim et son dénuement, cette ombre humaine qui était Claude Herburon, et ce billet glissé dans une main suppliante qui eût pu être assassine et qui, maintenant, sur un mot de moi... mais ce mot, je ne l'ai pas dit, parce que certaines avances, certaines surprises de la destinée sont plus effrayantes que les pires injustices. Et puis, il y a des êtres faits pour la médiocrité, et il est probable que j'en suis un. Vous allez me demander pourquoi j'ai mis dans cette main inconnue une aumône si peu en rapport avec mes ressources. Ce fut la question que je me posai en rentrant à l'hôtel. Peut-être avais-je senti le danger que je courais, peut-être avais-je obéi à quelque obscure suggestion de la fortune qui m'offrait ainsi la merveilleuse chance de richesse dont j'ai repoussé, par je ne sais quelle répugnance secrète, l'éclatante tentation...

LE SECRET DE M. DE KERBREL

LE SECRET DE M. DE KERBREL

ACCOUDÉ à la rampe du balcon, je regardais devant moi. Au delà du quai, sous la nuit obscure et douce, la Seine coulait avec une lenteur harmonieuse. On distinguait dans l'ombre transparente la masse solide du vieux Louvre. Du ciel orageux, quelques gouttes de pluie tombaient encore, lourdes et tièdes, à travers l'air humide et à peine rafraîchi. A le respirer, cependant, j'éprouvais une sorte de soulagement auquel se joignait celui de ma solitude momentanée. Elle me permettait de me rendre mieux compte de l'impression de mélancolie irritée que je ressentais depuis le début de la soirée et qui m'avait porté à venir chercher sur ce balcon l'isolement et la paix nocturne.

C'était pourtant en agréable compagnie que nous avions dîné chez les Chambry. M. et Mme de Chambry savent recevoir et leur appartement du quai Malaquais a grande allure avec ses trois salons à hautes fenêtres et son beau mobilier de château que relèvent quelques pièces rares, car Chambry a du goût et sait acheter. J'ajouterai même qu'il a de l'esprit, ce qui, à notre époque, sans que l'on soit véritablement et autrement remarquable, vaut que l'on soit remarqué. Sa femme n'en manque pas non plus, et quoique n'étant plus jeune, elle a conservé de la grâce. J'aime son visage délicat et fané, de même que me plaît la figure démodée de Chambry. Sans enfants, ils aiment à s'entourer de jeunesse; aussi, ce soir-là, leur table s'égayait-elle de frais visages. En l'honneur de leur nièce Emilie de Liran, ils avaient convié quelques-unes de ses amies et quelques-uns de ses danseurs, parmi lesquels le beau Louis de Maillemane, et la charmante Juliette Varin, en ce moment sans son mari, en mission au Maroc.

Dès le commencement du dîner, il avait été bien évident que Mme Juliette Varin et Louis de Maillemane, placés l'un à côté de l'autre, éprouvaient une réciprocité de sympathie qui ne demandait qu'à devenir plus encore. L'attrait mutuel qu'ils ressentaient était visible. Leurs regards, leurs gestes, leurs rires, leurs silences l'attestaient. Nous assistions à la naissance d'un sentiment et peut-être au début d'une passion, ce dont personne ne semblait s'apercevoir, sinon mon vieil ami Hugues de Kerbrel qui observait le duo du regard le plus bleu de son œil breton.

LE SECRET DE M. DE KERBREL

C'était pour rencontrer Hugues de Kerbrel que les Chambry m'avaient invité. Kerbrel, avec qui j'avais été assez lié jadis, venait rarement à Paris, confiné dans son manoir du Finistère où le retenaient moins ses travaux historiques qu'une liaison connue, admise, définitive avec une personne du voisinage, une de ces liaisons que rien ne dénoue ni ne rompt. Ainsi, Kerbrel avait vieilli dans la fidélité, comme j'avais vieilli dans l'inconstance, chacun en notre méthode particulière de célibat...

J'avais rallumé ma cigarette qu'une goutte de pluie avait éteinte et je m'étais tourné vers la haute fenêtre éclairée. On dansait maintenant dans le grand salon et je voyais les couples s'enlacer aux sons de cette musique aiguë et langoureuse qui est de mode à présent. Parmi eux, je distinguais Juliette Varin et Louis de Maillemane. Ils passaient et repassaient voluptueusement enlacés, beaux, jeunes, amoureux et comme déjà enivrés d'eux-mêmes et, à cette vue, je me sentais de plus en plus envahi par cette amère mélancolie qui m'avait fait quitter le salon. Et ce n'était pas seulement de la mélancolie que j'éprouvais, celle que donnent à l'homme vieillissant le sentiment de son passé et le souvenir de sa jeunesse enfuie ; c'était une sorte de jalousie sourde et inavouable, c'était, disons-le, de l'envie, une vilaine envie à la fois sentimentale et sensuelle.

— Ah ! vous voilà, mon cher, Mme de Chambry vous cherchait, elle vous craignait parti pour quelque rendez-vous, ô incorrigible coureur, car le bruit de vos débordements arrive jusqu'au fin fond de la Bretagne. Allons, tenez, vous avez assez regardé tourner cette jeunesse. Le bridge vous appelle.

Hugues de Kerbrel avait posé sa main sur mon épaule et me souriait dans sa grande barbe grise. A ce moment, Juliette Varin et Louis de Maillemane parurent dans le cadre lumineux de la fenêtre, si beaux, si jeunes, si unis par le rythme de tout leur corps et par les battements de leur cœur que je ne pus m'empêcher de m'écrier :

— Mais regardez-les donc, Kerbrel, ces deux-là ! Regardez-les, vont-ils assez à l'amour, de tout leur être ! Pensez ce que seront les jours qu'ils vont vivre. Ah ! Kerbrel, ils connaîtront les tremblements de l'aveu, les angoisses délicieuses des premières résistances et les espoirs craintifs des premiers consentements, les doutes et les certitudes, les reprises et les abandons. Leurs yeux se parleront, leurs mains se serreront. Les moindres mots prononcés prendront pour eux un sens mystérieux et profond. Tout pour eux aura une valeur nouvelle. Ils entrent dans une vie qui ne ressemblera plus à la vie et qui sera plus vivante qu'elle. La couleur du monde sera changée pour leurs yeux et ils en seront l'un à l'autre la raison d'être. Je vous le dis, Kerbrel, ils sont au seuil du royaume infini de l'amour et puissent-ils y trouver des obstacles pour qu'ils aient la joie de les surmonter et de les vaincre, car rien n'est plus enivrant, voyez-vous, Kerbrel, que cette lutte pour la conquête d'un être aimé, rien n'est plus émouvant et plus passionnant que cette poursuite du bonheur par le désir, du bonheur qui s'offre, qui se dérobe, jusqu'au jour où vos bras se referment sur lui et où il tombe palpitant sur votre cœur.

Je m'étais tu un instant et Kerbrel demeurait silencieux. Je repris :

— Oui, c'est cet instant, c'est cette période ardente et incertaine qui est le moment le plus pathétique de l'amour, et le plus divin parce qu'il est fait de tout notre désir irréalisé. C'est alors que nous y employons nos forces les plus secrètes et les plus profondes, que nous y atteignons à la plus puissante exaltation et c'est pour le retrouver ce moment unique, c'est pour le renouveler que j'ai renoncé aux bonheurs partagés, que j'ai gâché de belles et douces tendresses. C'est ce goût, c'est cette folie du recommencement qui a fait de moi l'amant infidèle et changeant que j'ai été, et c'est de penser que ces heures ne reviendront plus qui rend si dur de vieillir... C'est la pensée d'être bientôt exclu de ces âpres joies qui met au cœur cette amertume qui va jusqu'à l'envie envers ceux qui nous en donnent le spectacle comme ces deux tourtereaux qui tournent et s'enivrent de leur roucoulement. Mais vous ne pouvez pas comprendre cela, mon pauvre Kerbrel ; vous, vous êtes un constant, un fidèle, vous, vous avez trouvé le définitif, l'absolu, vous, vous n'avez jamais connu cette recherche passionnée, vous n'avez...

Hugues de Kerbrel m'avait de nouveau posé la main sur l'épaule. Il souriait dans sa grande barbe grise, mais il me semblait lire dans son bleu regard de Breton une expression singulière. Tout à coup, il me dit d'une voix étrange :

— Connaissez-vous les *Grands Jours d'Auvergne* de Fléchier ? Oui, n'est-ce pas ? c'est un bien curieux livre qui tient de la *Gazette des tribunaux* et du *Carnet Mondain* et où l'envers du grand siècle nous apparaît sous des couleurs assez rudes, où le crime porte noms de gentilhommes, où l'on badine de pendaisons et où l'on danse sous la potence, où le jargon des procureurs se mêle au branle des violons, oui un bien curieux livre, plein de réquisitoires et de galanteries, mais vous souvenez-vous d'une petite phrase que je vais vous dire ? Je la sais par cœur, elle explique bien des choses et donne la raison de ces fidélités que vous opposez à vos inconstances. Ecoutez ce que nous rapporte le gentil Fléchier d'un propos qu'on lui tint :

« Il m'a confessé depuis, nous dit-il, en parlant d'un de ces messieurs des Grands Jours, qu'il n'aurait jamais cru qu'il en coûtât tant de dire qu'on aime et que, quand il ne serait pas le plus ferme et le plus constant de tous les hommes, par son naturel, il le serait pour n'avoir plus à recommencer une chose si difficile qu'une déclaration d'amour.»

M. de Kerbrel avait prononcé ces paroles d'une voix lente, puis, après un silence et un soupir, il ajouta :

— Vous trouverez la phrase à la page 19 de l'édition Hachette et maintenant, mon cher, allons rejoindre Mme de Chambry qui nous attend.

Je jetai par-dessus la rampe du balcon ma cigarette allumée qui raya l'ombre d'une étincelle de feu et je suivis M. de Kerbrel dont je comprenais maintenant la vie secrète et retirée en une immuable et peut-être mélancolique fidélité.

L'IMPRÉVU

L'IMPRÉVU

CE fut par une brève lettre de mon ami Jacques Fresnay que j'appris la rupture de la liaison qui l'attachait depuis plusieurs années à Mme de Brissy. Le coup avait dû être dur à mon ami Jacques, car, tel que je le connaissais, l'initiative de cette rupture n'avait pas dû venir de sa part. Il aimait si tendrement, si ardemment cette Simone de Brissy ! Je le savais, quoiqu'il ne m'en eût pas fait de confidence. Jacques Fresnay est un garçon réservé et qui se livre peu, mais je l'avais vu plus d'une fois avec Simone de Brissy, et son attitude vis-à-vis d'elle disait l'intensité et la profondeur de son sentiment auquel elle semblait d'ailleurs répondre. Sa déception et son chagrin avaient dû être grands pour que lui, si secret, si renfermé, m'eût fait part de cet événement passionnel qui transformait sa vie. La lettre où il me le notifiait était datée d'une petite ville d'Italie. Il cherchait dans le voyage un allègement à sa souffrance, et que ce Parisien endurci eût eu recours à ce remède classique des amants malheureux, c'était le signe en lui d'un trouble bien douloureux et bien profond !

Qu'avait-il pu se passer entre Simone de Brissy et Jacques Fresnay pour que ces deux cœurs si unis se fussent séparés ? Plus d'une fois je m'étais interrogé à ce sujet, mais c'était une question que je n'eusse pas osé faire à Jacques Fresnay. En répondant à sa lettre, je me contentai d'une allusion sympathique à sa peine. Durant les dix-huit mois de son absence, nous correspondîmes à plusieurs reprises, et même assez longuement. De Sicile, Fresnay s'était embarqué pour la Grèce ; de là il avait passé en Asie Mineure, et je le croyais, comme il me l'avait annoncé, en route pour la Perse quand, il y a quelques semaines, en traversant le Rond-Point des Champs-Elysées, je me trouvai face à face avec lui. Il avait été rappelé en France par une grave maladie d'un de ses frères, qui, heureusement allait mieux. Lui-même semblait en bonne santé. Il avait bruni et maigri, mais il avait conservé cet air de jeunesse et d'élégance qui avait plu, jadis, à la belle Simone de Brissy. Jacques Fresnay semblait heureux de la rencontre qui nous réunissait. Puisque le hasard avait si bien fait les choses, pourquoi ne dînerions-nous pas ensemble ?

Pendant le dîner, nous avions parlé voyages, théâtre, littérature, mondanités, quand Jacques

Fresnay, en laissant glisser un morceau de sucre dans sa tasse de café, me posa brusquement cette question :

— Connaissez-vous la forêt de Gournières ?

Je répondis affirmativement ; je connaissais, en effet, la forêt de Gournières. Avec celles de Chantilly, de Compiègne et de Villers-Cotterets, c'est une des plus belles de l'Ile-de-France. J'en avais parcouru en auto certaines parties. J'en vantai les beautés pittoresques. Jacques Fresnay m'écoutait tout en regardant fixement le sucre fondre au fond de sa tasse. Soudain, il releva la tête et me dit :

— Il y a à Gournières-sous-Forêt une charmante auberge. Nous y étions venus, Simone et moi, passer quelques jours. Jamais Simone ne s'était montrée plus gaie et plus en verve. Chaque après-midi, nous louions une espèce de guimbarde attelée d'un bon vieux cheval, et nous faisions de longues courses à travers bois. Simone aimait ce mode de locomotion primitif. La beauté des ombrages, la fraîcheur des routes forestières lui plaisaient, et nous allions à l'aventure, tantôt dans une direction, tantôt dans une autre. Ce fut ainsi que nous découvrîmes maints aspects charmants ou grandioses, et qu'à une fin de journée, nous arrivâmes dans une des parties les plus sauvages de la forêt. On se fût cru vraiment au bout du monde, et pourtant, cette solitude était habitée. Une sorte de château, construit en briques et en pierres s'y élevait, flanqué de deux pavillons du même style. Le tout était à louer, ainsi que l'indiquait un écriteau.

« Nous avions mis pied à terre pour faire reposer le cheval et aussi pour laisser passer une averse qui commençait à tomber. Sous le ciel assombri, en son cadre de forêt, cette vieille demeure avait un air assez sinistre, et l'intérieur, que Simone voulut visiter, ne démentait pas cette impression. A mesure que la gardienne qui nous guidait nous ouvrait les portes des différentes pièces, nous pénétrions dans plus de décrépitude et de vétusté. Partout, ce n'était que dallage descellé, parquet pourri, boiseries arrachées, papiers en lambeaux, glaces éraillées et ternies, meubles disloquées. Une odeur de moisissure et de renfermé s'exhalait de ces vieilleries à l'abandon. Par la fenêtre, on apercevait un parc aux arbres désordonnés, aux allées herbues, avec une pièce d'eau à demi desséchée et un kiosque en ruine sur lequel ruisselait la pluie, et je me sentais soudain accablé d'une lourde tristesse, d'une amère mélancolie. Il me semblait que je ne sortirais plus jamais de ce labyrinthe d'escaliers branlants, de corridors vides, de chambres démeublées, de cette solitude lamentable, et cette sensation allait jusqu'à une angoisse indéfinissable qu'augmentait encore l'attitude singulière de Simone...

« Elle avait de quoi me déconcerter... Au milieu de cette détresse des choses, Simone affectait une gaieté étrange et presque irritante. Elle riait, plaisantait avec la vieille gardienne, ouvrait les placards, se regardait dans les glaces et s'obstinait à prolonger cette visite, bien que la pluie eût cessé et qu'elle ne pût pas ne pas s'apercevoir du malaise que j'éprouvais et qui ne prit fin que quand, remonté en voiture, je respirai avec soulagement l'odeur vivante du taillis mouillé et la vivacité de l'air rafraîchi. Peu à peu, l'impression que j'avais ressentie se dissipait. Pourquoi avais-je eu, dans cette demeure abandonnée, le sentiment d'un malheur proche et d'une menaçante solitude ?... Simone n'était-elle pas auprès de moi, et son cher visage redevenu tendre et sérieux n'était-il pas la figure même du bonheur ?

Jacques Fresnay se tut un instant, puis il reprit :

— Nous devions partir le lendemain, moi pour regagner Paris, Simone pour aller passer quelques semaines chez des parents en Bretagne. Ce fut de là que je reçus d'elle la lettre brutale et sans réplique où elle me signifiait notre séparation. Je fus atterré. Aucun indice n'avait pu me faire prévoir de sa part cette soudaine et cruelle résolution. Le seul avertissement m'en était venu de cette vieille demeure de la forêt. Elle seule, par son abandon et sa misère, avait essayé de me prévenir de ce qui me menaçait. Elle seule m'avait annoncé ma souffrance par l'angoisse qu'elle m'avait imposée. Mais nous n'écoutons jamais assez la voix des choses, et, cependant, elles savent de nous plus que nous-mêmes, mais quoi qu'elles nous apprennent, elles ne nous enseigneront jamais à connaître le cœur des femmes, et que c'est folie que leur demander plus que la douceur momentanée de leur corps et la grâce passagère de leur visage, car il n'en est pas une qui ne garde, au fond d'elle, secret, sournois, et plus fort que leur tendresse et leur amour, ce mystérieux et brusque danger : l'imprévu. »

ELLE ET EUX

ELLE ET EUX

Je n'ai pas l'habitude de suivre les femmes, me dit mon ami Robert Lestrier, tandis qu'attablés à la terrasse du café Rouquette, nous regardions, tout en fumant nos cigares, le défilé des passants dont quelques-uns se livraient visiblement à ce genre de passe-temps. Cependant, c'est pour n'être pas demeuré insensible à l'attrait d'une silhouette féminine que je fus témoin de la scène assez émouvante dont le souvenir me revient, je ne sais pourquoi, à l'esprit.

Tout en parlant, Robert Lestrier s'essuyait le front avec un mouchoir de soie. Il faisait, en effet, ce jour-là, une chaleur accablante, une de ces chaleurs qui s'abattent parfois sur Paris et qui doivent rendre bien pénibles les exploits de ces suiveurs dont Robert Lestrier se vantait de ne pas partager la passion chasseresse et aventureuse.

— Ou plutôt si! reprit-il, je sais très bien pourquoi je repense à cet épisode... Ce fut par une journée aussi chaude et aussi lourde que celle d'aujourd'hui que je pénétrai dans la gare de Lyon, où je devais prendre le train de 10 h. 33 pour Dijon. Mon bagage enregistré, je me dirigeai sans hâte vers le quai, à la recherche d'un compartiment vide, quand je fus dépassé par une femme en deuil qu'escortée d'un porteur je vis monter dans un des wagons.

Si je ne suis pas un suiveur de femmes, je ne demeure pas cependant indifférent à la grâce ou à la noblesse d'allure d'une passante. Paris offre d'harmonieuses et charmantes rencontres qui sont un des plaisirs innocents de la flânerie parisienne et il n'y a pas de raison pour se priver de ces aubaines. On en emporte des images agréables et il y a certains visages ainsi entrevus qui ne sont plus sortis de ma mémoire... Or, cette femme en deuil m'avait frappé par je ne sais quoi de particulièrement distingué. Je n'avais pas vu sa figure, mais sa démarche était d'une élégance si hautaine et si rare!

Cependant, j'avais longé toutes les voitures du train. Toutes étaient plus ou moins occupées. L'heure du départ approchait et les voyageurs retardataires se bousculaient pour prendre place, si bien que je fis comme eux et que je me trouvai, avec une surprise peut-être quelque peu hypocrite, assis en face de la femme en deuil et sur la même banquette qu'un jeune couple qui composait, avec elle, tout le personnel du compartiment, où il faisait, d'ailleurs, une chaleur étouffante. Le temps, beau jusqu'à présent, tournait à l'orage et de gros nuages blanchâtres se massaient avec lourdeur au-dessus du vitrage surchauffé de la gare.

Ce ne fut que lorsque le train fut en marche que j'examinai mes compagnons de route, et mes regards se portèrent tout d'abord sur la femme en deuil... Elle n'était plus très jeune, mais elle avait dû être d'une grande beauté, dont les traces admirables se voyaient encore sur son visage pathétiquement ravagé. Il était éclairé par de magnifiques yeux sombres, qui avaient beaucoup pleuré, et ennobli par une expression de grave et ardente douleur. Cette femme avait dû perdre quelque être passionnément et uniquement aimé. Elle survivait à une vie brisée dont le déchirement profond était inguérissable. Et cette douleur, elle la portait avec une dignité incomparable.

Cette impression était si forte que le couple d'amoureux blottis sur la banquette opposée en était comme intimidé. Ah ! ceux-là, avec quelle confiance, avec quelle ardeur ils allaient vers la vie !... Lui pouvait avoir vingt-cinq ans. C'était un beau garçon robuste, élégant, au visage frais et rasé, au corps vigoureux, aux gestes précis et aisés. Il avait cette fierté dans le bonheur que donne l'amour partagé. Ils devaient être mariés depuis peu. Cela se voyait à quelque chose d'assuré, de protecteur et d'indulgent dans la façon dont il considérait sa compagne. Quant à elle, elle était l'image même de la jeunesse ; dix-huit ans au plus, une figure charmante et rieuse, une bouche naïve, des joues veloutées, un petit nez palpitant, des yeux d'un bleu divin et des cheveux admirables, des cheveux légers et fins et abondants et tout ensoleillés d'un blond lumineux...

La première heure du voyage se passa sans incident. J'avais ouvert un journal. La dame en deuil avait sorti un livre de son sac et les deux amoureux regardaient le paysage en échangeant de rares paroles. A toute vapeur le train filait à travers la campagne brûlante. Par les glaces baissées des portières entrait un air calciné ; il faisait onduler le voile noir de la femme en deuil et voltiger les cheveux légers de la petite dame blonde, car elle était petite, plutôt potelée que grasse. Parfois, je l'examinais à la dérobée et je m'apercevais que son petit pied chaussé de peau blanche témoignait de quelque impatience. Cette enfant s'ennuyait visiblement d'être enfermée dans ce compartiment avec des compagnons de route dont la présence gênait sans doute ses expansions d'amoureuse. Evidemment, nous étions des gêneurs et nous l'agacions. Aussi commençait-elle à s'agiter, s'éventant, débouchant un flacon, fouillant dans son sac, se regardant au miroir, bougeant sur sa banquette, parlant à l'oreille de son mari. Mais à mesure qu'elle s'agitait, elle ressentait plus désagréablement la température torride où nous étouffions. Il était près de midi et la chaleur était vraiment insupportable, accablante, si accablante que, malgré le remue-ménage de ma petite voisine et malgré l'intérêt qu'excitait toujours en moi le visage pathétique de la dame en deuil, je me laissai aller peu à peu à une invincible somnolence, si bien que je fermai les yeux et que je finis par m'endormir...

Le grondement d'un train que nous croisions me réveilla et je ramassai mon journal tombé sur le tapis en regardant autour de moi avec ce léger ahurissement que cause un brusque réveil. De même que l'extrême chaleur de ce midi brûlant m'avait assoupi, elle avait eu raison également de l'agitation de ma blonde voisine. La tête sur l'épaule de son mari, sa coiffure à demi défaite, les yeux clos et sa bouche délicieusement entr'ouverte, elle dormait dans une attitude charmante de confiance et d'abandon. Et ce sommeil était si émouvant de jeunesse et de grâce, si amoureux et si enfantin, si intime et si tendre, qu'on avait l'impression d'une indélicatesse et d'une indiscrétion à en être témoin.

Ce sentiment fut si fort que je tournai les yeux vers la dame en deuil, comme pour le lui faire partager. Elle ne lisait plus et elle avait posé son livre sur ses genoux. Immobile et grave en ses voiles noirs, elle regardait la blonde endormie avec une expression de tristesse infinie sur son beau visage ravagé. Elle était si pâle qu'on eût dit qu'elle allait défaillir. Soudain, elle porta la main à son cœur comme si une souffrance trop vive la déchirait et je vis sur ses joues couler deux longues larmes, deux lentes larmes venues du fond de son passé et du fond de sa douleur, et je compris qu'elle pleurait le souvenir de quelque bonheur à jamais perdu, qu'elle pleurait de regret, de détresse et de solitude devant cette enfant amoureusement et tendrement endormie qui lui rappelait la femme aimée qu'elle avait été, elle aussi ; qu'elle pleurait parce que jamais plus sa tête ne reposerait sur une épaule, parce qu'il y a dans la vie des heures interdites désormais et dont elle emporte avec elle l'enchantement périssable...

Et, ma foi, je ne sais, ajouta Robert Lestrier en se levant et en me serrant la main, si je n'eus pas un mouvement de mauvaise humeur contre l'heureux gaillard de vingt ans qui sentait sur sa joue rasée de frais la caresse blonde de ce jeune sommeil de femme !

CELUI QU'ELLE AIMERA

CELUI QU'ELLE AIMERA

Je n'ai pas toujours été ce promeneur solitaire que l'on rencontre sur le mail désert de cette morne petite ville endormie en son calme et sa médiocrité provinciale. Je n'ai pas toujours été le silencieux habitué de ce misérable petit café, où je m'assieds chaque jour et d'où je regarde sur la place les rares passants qui la traversent... Non, je n'ai pas toujours été celui que je suis aujourd'hui. Je me souviens d'autres lieux, d'une autre vie. Je me souviens d'un autre moi-même.

Lorsque je songe à mon passé, je me revois enfant dans la grande maison que nous habitions alors, mes parents et moi. Elle était entourée d'un vaste jardin où l'on me laissait jouer librement. J'ai connu là des heures délicieuses. Aussi éprouvai-je un véritable chagrin quand succéda, à cette existence rustique, le régime studieux du collège. Néanmoins, je m'y habituai assez vite ; j'eus des camarades qui me furent chers et je remportai des succès qui flattèrent ma vanité. Aussi, lorsque, mes études terminées, je retrouvai ma liberté, ce fut avec le sentiment qu'elle ne m'apporterait que des satisfactions et des plaisirs. J'abordais la vie avec hardiesse et confiance.

Elle commença cependant par me montrer cruellement qu'elle n'a pas que des douceurs et des sourires. Je perdis, presque coup sur coup, mon père et ma mère. Je les aimais tendrement et ma douleur fut profonde; mais la jeunesse a en elle le singulier pouvoir d'absorber dans sa force les peines les plus vives. Elle s'en assimile les souffrances et les cicatrise avec une sorte d'avidité. Elle est emportée vers la vie par un courant irrésistible et s'y abandonne.

*
* *

J'avais alors vingt-deux ans, et je me trouvais livré entièrement à moi-même, en possession d'une fortune suffisante. Libre, je me résolus donc à user de ma liberté. J'étais ardent et vigoureux, sain de corps et bien équilibré d'esprit. Sans que je fusse beau, je ne déplaisais pas. Je m'en rendais compte, et puis je savais avec quelle facilité la société fait accueil à un jeune homme qui ne lui demande que le divertissement et le plaisir qu'elle peut donner. Je m'en aperçus assez vite et, bientôt, je fus lancé dans un monde oisif, élégant et où l'amour est la principale préoccupation.

Je ne vous raconterai pas le détail des dix ou douze années que je vécus ainsi. Vous connaissez aussi bien que moi l'existence parisienne et ce que je vous en dirais ne vous apprendrait rien. De jeune homme bien vu, je devins presque homme à la mode. D'abord accueilli, je fus ensuite recherché. Enfin, pour en venir au point dont vous attendez que je vous parle, j'eus beaucoup d'aventures, quelques-unes flatteuses, certaines charmantes, d'autres simplement agréables, mais aucune qui fût capable de fixer mon cœur. De toutes, je prenais ce qu'elles m'apportaient sans en exiger davantage et, parfois, parmi tant de liaisons, je me demandais si je connaîtrais jamais le véritable amour.

Ce fut dans cette incertitude de cœur que je rencontrai ma destinée. J'avais, à cette époque, trente-cinq ans. Je n'étais ni naïf ni désabusé ; je possédais une expérience sentimentale sans satiété, mais assez clairvoyante pour m'apercevoir, quand je fis la connaissance de Juliette, que j'entrais dans un pays inconnu d'où je ne sortirais plus jamais. Juliette était la reine de ce lumineux royaume. Elle était reine par sa beauté, par sa bonté, par sa grâce, par sa jeunesse, par les magnifiques tresses d'or qui la couronnaient, par la clarté qui émanait d'elle et dont elle me faisait don. Car elle m'aimait, et elle m'aimait, non en souveraine qui se laisse adorer, mais en simple femme qui veut être aimée ; elle m'aimait avec son cœur, avec sa tendresse, avec sa sollicitude patiente, avec sa divine douceur...

Oh ! je vois dans vos yeux ce que vous pensez... Mais attendez... attendez pour m'envier que vous sachiez ce qu'est devenu ce merveilleux bonheur. Tout d'abord, j'en fus enivré et un extraordinaire orgueil m'envahit qui, bientôt, se changea en une douloureuse et angoissante humilité.

Qu'étais-je donc pour être aimé ainsi de Juliette ?... A quel sortilège provisoire devais-je ce miracle ?... Car, un jour, les yeux de Juliette se dessilleraient. Elle me verrait tel que j'étais. Elle reconnaîtrait son erreur, et mon bonheur, parfait, comme une sphère de cristal, se briserait en mille éclats... Oui, un jour, Juliette se rendrait compte de mon indignité. Un jour, elle rencontrerait celui qui serait vraiment digne de son amour et ce jour-là, ce jour-là...

Ce ne fut pas d'un seul coup, mais peu à peu que cette affreuse pensée entra en moi. Ce fut peu à peu, lentement, que je sentis naître ma torture, que je la sentis devenir plus profonde, plus aiguë... Et notez qu'en Juliette aucun indice ne pouvait donner lieu à ma cruelle supposition. En elle, nulle coquetterie ; une indifférence complète aux hommages ; le seul souci de me plaire ; le seul désir de me rendre heureux. Et pourtant, le terrible mal dont je souffrais ne cessait de me ronger. D'abord sournois et perfide, il en arriva à prendre le caractère d'une véritable folie. Cet être que Juliette me préfèrerait, qu'elle devait fatalement rencontrer, qu'elle ne connaissait pas, que je ne connaissais pas, mais qui existait sûrement, cet ennemi mystérieux, ce destructeur de mon amour, qui serait-il ? A quoi ressemblerait-il, quel serait son visage, par quoi me signalerait-il l'heure de mon destin ? Comment pressentirais-je son approche, comment se révélerait sa présence inévitable ?

Cette idée me hantait. Où était-il, cet être prédestiné à mon tourment ? Près de nous, parmi les gens que nous fréquentions ? Avec quelle atroce appréhension je scrutais les visages les plus amicaux et les plus insignifiants... Chacun me semblait une menace et aucun, pourtant, ne m'apportait aucune certitude. Au lieu de calmer mon angoisse, cette vaine recherche la rendait plus âpre et plus acérée. Partout, je l'emportais avec moi. Au théâtre, tel spectateur ; dans la rue, tel passant m'apparaissait soudain comme le redoutable inconnu qui serait « celui qu'elle aimerait »... Et ces mots, que je prononçais mentalement, me causaient un effroi indicible.

J'imaginais les hasards, les circonstances qui rapprocheraient de Juliette cet étranger fatidique et qui mêleraient sa vie à la sienne. J'inventais, avec une ingéniosité désespérée, le roman de leur rencontre et je vivais d'avance l'heure atroce dont rien ne pourrait empêcher l'instant fatal.

*
* *

La jalousie, voyez-vous, prend bien des formes au cœur de l'homme ; mais celle dont je souffrais est peut-être la pire de toutes. Il est moins affreux de haïr ce qui est que de redouter ce qui n'est pas. On peut envisager avec courage une certitude, mais on ne peut pas supporter une appréhension continuelle de ce qui pourrait être. Aussi n'ai-je pas pu. J'ai été lâche devant l'insaisissable. J'ai fui ; j'ai disparu ; je me suis perdu dans les remous du vaste monde. J'ai mis entre Juliette et moi la distance et le temps. Je n'ai plus voulu savoir rien d'elle et qu'elle sût rien de moi.

Elle doit me croire mort et je ne suis plus sûr maintenant qu'elle soit vivante. J'ai voyagé ; les années ont passé. J'aime toujours Juliette, mais je n'aime plus d'elle la femme qu'elle fut. Je n'ai conservé dans mon souvenir que l'image de sa grâce et de sa beauté. Elle n'est plus maintenant pour moi qu'une présence immatérielle sur laquelle la vie ne peut plus rien, et maintenant je puis regarder les visages sans éprouver l'angoisse qui me torturait lorsque je voyais dans l'un d'eux la menace imaginaire que j'ai tenté de vous exprimer. Les mots terribles : « Celui qu'elle aimera » n'ont maintenant plus de sens pour moi. J'ai exorcisé mon amour du tourment qui le déchirait. J'ai retrouvé la paix, la paix singulière, mais dont je suis le maître, puisque je l'ai gagnée aux dépens de mon bonheur. Je ne quitterai jamais cette morne petite ville où je me suis retiré et qui me suffit avec son mail désert, son humble petit café où nous sommes assis, et les pauvres et médiocres visages de ses habitants. Je les connais tous et j'ai bien vite vu que vous étiez étranger ; mais je me demande pourquoi j'ai entamé la conversation avec vous, moi qui ne prononce pas trois paroles par jour et qui viens de vous dire le tragique, le bizarre secret de ma vie...

L'OBSTINÉE

L'OBSTINÉE

Ce fut un être charmant, singulier et terrible, et nulle femme ne me fit souffrir plus cruellement, avec un art plus raffiné et plus minutieux, et cependant aucune n'eut un plus doux et un plus pur visage que cette délicieuse créature aux gestes harmonieux, à la voix tendre, qui semblait faite pour répandre autour d'elle le bonheur et la paix.

Néanmoins, ce ne fut ni le calme ni la joie qu'elle apporta dans ma vie. Lorsque je la rencontrai, je n'en étais pas à ma première expérience d'amour. J'avais connu ce que l'on appelle les orages du cœur et les feux de la passion, ou, du moins, je croyais les connaître assez pour m'en garer désormais. Sans être las de l'amour, j'en souhaitais plutôt les plénitudes que les excès, les douceurs apaisantes que les torturantes ardeurs; aussi, quand le hasard me mit en présence de Germaine (donnons-lui ce nom si vous voulez), il me sembla que j'allais réaliser mon vœu secret et qu'une vie nouvelle s'offrait à moi avec les promesses de tous ses enchantements.

*
* *

Celle que je menais alors se prêtait bien à la magnifique transformation que je lui entrevoyais. Je jouissais d'une complète liberté de cœur et de situation. Orphelin de bonne heure, mes parents m'avaient laissé, avec une assez belle fortune, cet hôtel que j'habite encore aujourd'hui. Mon père, homme de solitude, l'avait choisi dans ce quartier, plus tranquille autrefois qu'il ne l'est à présent, et ma mère, femme de goût, l'avait meublé des belles vieilles choses qui l'ornent encore maintenant. Tableaux, tapisseries, bibelots, je n'ai touché à rien. Tout y est demeuré dans le même état. Je pourrais m'y croire aux jours de ma jeunesse et au milieu de ma vie, si les chères et vivantes figures du foyer n'y étaient devenues les ombres mélancoliques du souvenir et les poignants fantômes du passé...

Ce fut sur la fin d'une belle journée d'été que Germaine pénétra pour la première fois dans ce salon où nous sommes. La lumière était pareille à celle qui nous vient par ces hautes fenêtres et il faisait ce même silence. Germaine daigna trouver bon air à mon logis. Elle en apprécia certains meubles et certains tableaux anciens. Elle portait une robe claire et un chapeau charmant. Elle était délicieusement belle, et avec elle je crus voir entrer le bonheur. Je le lui dis. Elle m'écouta en se souriant dans le petit miroir à main qui est là, posé sur cette table; puis elle le replaça où elle l'avait pris, et longuement, tendrement, nos lèvres s'unirent en un baiser.

***

Que de fois, depuis lors, Germaine ne franchit-elle pas cette porte ? Que de fois son pas léger ne foula-t-il pas ce tapis ? Que de fois nos lèvres avides ne s'unirent-elles pas ? Je l'aimais d'une tendresse passionnée, d'une ardente adoration, et elle m'aimait aussi ; mais il y avait dans son amour une sorte d'appréhension maladive du temps où je ne l'aimerais plus. Ni mes serments, ni mes promesses, ni le pouvoir qu'elle exerçait sur mon cœur ne pouvaient la convaincre que ne viendrait pas un jour où je la quitterais, où je m'éloignerais d'elle, où je cesserais de l'aimer, où je l'oublierais. Et cette pensée, que rien ne pouvait dissiper, la torturait jusqu'à la terreur.

Etre oubliée ! Cette idée révoltait son orgueil. L'oubli ! Ne plus être toute la vie, toutes les heures, toutes les minutes, ne plus être la présence vivante, ne plus être le visage nécessaire, la voix essentielle, diminuer peu à peu dans la mémoire, disparaître du souvenir, s'effacer, s'anéantir, l'oubli ! Et comment être l'inoubliable ? Est-ce que les baisers et les caresses ne s'oublient pas ? Est-ce par le bonheur qu'il a donné qu'un être s'impose pour jamais à un autre être, par sa tendresse, par sa beauté ? Que reste-t-il des heures d'ivresse, des dons de la chair et du cœur ? L'oubli n'étend-il pas sur tout cela sa cendre impalpable et mortelle ? Seule la souffrance est plus forte que lui et creuse dans les âmes des profondeurs douloureuses où il n'atteint pas et dont il respecte l'incurable irritation.

*
* *

Vous savez ce que peut souffrir d'une femme un homme qui aime passionnément, et quelle supériorité elles ont sur nous au terrible jeu d'y réveiller les instincts les plus secrets et les sensibilités les plus cachées. Notre amour a besoin de foi et de certitude; il a ses susceptibilités, ses exigences et ses vanités. Il est facile à inquiéter, à troubler, à blesser, à affoler. Ah ! qu'il est aisé à une femme de torturer celui qui l'aime, de créer en lui le doute, l'anxiété, la jalousie, les colères, le désespoir et la détresse, toutes les souffrances, et de le conduire ainsi jusqu'à un point de lui-même où il tournoie en une sorte de panique aveugle. Ah ! le beau jeu, et avec quel art raffiné et savant, précis et nuancé, s'y livra cette ambitieuse, qui voulait ainsi s'assurer dans son orgueil contre les forces destructives de l'oubli ! Et quand elle crut avoir achevé son œuvre, elle y ajouta la terrible surprise de disparaître soudain, sans un adieu, sans un regard, sûre d'avoir laissé derrière elle l'ineffaçable image de sa cruelle et mortelle beauté.

Que vous dirai-je ? Cette image, j'ai lutté

contre elle pendant des mois et des années; j'ai voyagé, j'ai travaillé, j'ai cru aimer d'autres femmes. J'ai employé tous les moyens pour la chasser de mon souvenir, pour m'en affranchir pour m'en délivrer. Vingt fois j'ai cru que je succomberais et que je retournerais à mon supplice, mais je savais bien que Germaine serait inexorable et que l'abandon où elle m'avait laissé faisait partie de son impitoyable volonté de m'asservir à jamais à elle par la souffrance. C'était de moi seul que je devais attendre ma guérison et mon salut, et cette guérison, ce salut, ils n'étaient que dans l'oubli, dans cet oubli dont cette femme avait voulu si cruellement et si orgueilleusement m'interdire le recours et le bienfait.

***

Ce furent d'atroces années jusqu'au jour où, tout à coup, une sorte de voile s'interposa entre moi et ce douloureux passé. Soudain, il me sembla entrer dans un grand silence, dans un grand vide, dans un grand calme ; mes yeux se fermèrent sur ce qu'avait été ma vie et se rouvrirent peu à peu à une vie nouvelle. Je repris goût à l'existence. De nouveau, je goûtai le charme des fleurs, la beauté des visages, l'agrément et la joie des choses. Germaine était plus morte dans mon souvenir que si elle avait été couchée au tombeau. Elle était tombée dans cet oubli qu'elle redoutait tant. J'étais presque heureux et je le serais encore si...

Tenez, vous voyez ce miroir qui est là, sur cette table, près de cette lettre. C'est celui où Germaine aimait à se regarder en souriant, quand elle avait suscité en moi une de ces souffrances dont elle suivait sur mon visage ravagé les traces douloureuses, et c'est un de ces visages, un de mes visages d'autrefois que j'y ai revu lorsque, par hasard, j'ai levé à la hauteur du mien cette glace magique et terrible. Alors, j'ai senti que ce voile d'oubli dont je vous parlais tout à l'heure venait de se déchirer et que l'impitoyable torture que j'avais soufferte jadis allait renaître des cendres du passé.

Oui, maintenant, quand j'évoquerai, du fond de ma douleur, l'image de celle qui ne voulut pas être oubliée, ce ne sera pas une vivante qui m'apparaîtra, mais son fantôme acharné. Cette lettre, qui est là, m'apprend que Germaine de S... est morte hier, à l'heure même où je retrouvais dans ce miroir l'éternel torturé qu'elle a voulu que je fusse et qu'au delà de la mort elle asservit encore à son souvenir.

LE PORTRAIT

LE PORTRAIT

COMMENT se fait-il, chère madame, qu'il n'y ait pas de vous un bon portrait ? A quoi pensaient vos amis? Comment, vous avez connu le grand Winford ; vous m'avez montré de lui vingt lettres admirables. Vous avez été liée avec Leblin et Moraval. Le délicieux Guilbert venait chez vous régulièrement ainsi que Lardini et Launay. Le charmant Launay, à qui la vie n'a donné le temps que de laisser quelques chefs-d'œuvre, était un familier de votre salon et aucun de ces artistes ne s'est donné la joie de fixer vos traits ? Non mais à quoi pensaient-ils, vos peintres, à quoi pensaient-ils ?

Pendant que je parlais, Mme de Vorant me regardait en souriant. Son sourire n'était pas de ceux qui ramènent sur un visage vieilli cette fausse jeunesse si pénible en son illusion passagère. Le sourire de Mme de Vorant avait l'âge de sa figure et l'éclairait d'une grâce en accord avec ses cheveux blancs. Cette grâce restait à Mme de Vorant d'une beauté célèbre, dont le temps, en la fanant, n'avait pu détruire les lignes, mais qu'il avait transformée en un souvenir lointain et comme apparenté à ce qu'elle avait été. A soixante ans, Mme de Vorant était moins une vieille femme qu'une femme qui était vieille. Quand elle eut fini de sourire, Mme de Vorant se cala dans sa bergère et me dit, de sa voix tranquille et gaie :

— Il est vrai que mes peintres n'y ont pas

mis beaucoup de zèle, mais il faut dire à leur décharge que je n'étais pas un modèle complaisant, et puis ce n'était pas à cause de leur peinture que je les aimais. Ce que je goûtais en William Winford, c'était son esprit brillant, son érudition infinie, sa parole séduisante, de même que Luc Guilbert me plaisait par la cocasserie spirituelle de sa conversation, de même que j'appréciais en Leblin et en Moraval leur profonde connaissance de la vie. Ces grands portraitistes étaient des psychologues incomparables. A force d'avoir interrogé des visages, ils en avaient pénétré les âmes et peut-être ne me souciais-je pas, en posant devant eux, de me prêter à leur perspicacité. Quant à Lardini, sa méchanceté, sa férocité, sa rapacité, sa rosserie de mauvais confrère, sa fatuité d'homme à femmes, son envie, ses haines m'amusaient, celle en particulier qu'il vouait à Robert Launay, à Launay, si élégant, si fin, si beau...

Ce nom de Launay, Mme de Vorant l'avait répété avec une nuance d'émotion qui ne m'échappa point. Un instant, elle demeura dans un silence plein de souvenir, puis son visage, un moment devenu grave, s'éclaira de ce sourire qui lui conservait tant de charme. Elle reprit : « Rien n'amusait plus Robert Launay que cette haine de Lardini à son égard et elle datait de leur première rencontre. Lardini, déjà célèbre, et Launay qui n'en était qu'à ses premiers succès, ne se connaissaient pas encore, quand Moraval les invita tous deux à passer quelques jours dans sa propriété de Chantilly. Chaque année, j'allais y passer aussi quelques semaines, car Mme Moraval était une amie de ma famille et j'y étais déjà installée quand Lardini et Launay y arrivèrent. J'assistai donc à leur présentation et je perçus le regard hostile que Lardini lança à son rival. Celui-ci, sans y prendre garde, combla son illustre confrère de prévenances. Lardini y répondit presque aigrement, puis, se tournant vers moi, il m'adressa quelques-unes de ces galanteries par lesquelles il se croyait irrésistible et que Launay écouta avec surprise, en y mêlant quelques propos discrets et délicats.

M. Lardini, en effet, je puis bien l'avouer, me trouvait fort à son goût et me l'avait plus d'une fois manifesté. J'avais toujours pris la chose en plaisantant. Si la personne de Lardini ne m'inspirait que de l'éloignement, je respectais trop son admirable talent pour lui faire sentir mon aversion. Or, ce jour-là, Lardini était plus affreux que de coutume. Il avait coiffé son énorme tête camuse d'un minuscule canotier et il avait arboré une terrible cravate vert pomme et un gilet extravagant. Ainsi accoutré, il faisait mieux valoir la mise soignée et sobre dont Robert Launay relevait sa haute mine et son élégance naturelle.

Ce contraste n'avait pas échappé à Moraval, non plus que l'attitude hostile de Lardini, mais Moraval comptait sur l'admirable cuisine que dirigeait Mme Moraval pour adoucir son hôte. En effet, pendant le déjeuner, Lardini semibla désarmer quelque peu. Launay écouta avec attention les anecdotes graveleuses qu'aimait à conter Lardini, et la journée se serait passée convenablement si une pluie violente ne s'était mise à tomber, interdisant la promenade en forêt projetée.

Ce contretemps ne parut pas trop importuner Lardini. Moraval nous avait conduits dans son atelier et pendant qu'il en faisait les honneurs à Robert Launay, qui y venait pour la première fois, Lardini s'était installé auprès de moi et continuait à essayer sur mes faibles charmes ses procédés ordinaires de séduction. Je le laissais dire sans trop l'écouter, prêtant l'oreille à la conversation de Moraval et de Robert Launay qui feuilletaient des albums de croquis. Mes yeux se plaisaient au groupe qu'ils formaient : Moraval en sa robuste maturité, Launay en sa séduisante jeunesse.

Cependant, tout en poussant sa pointe, Lardini avait attiré à lui une feuille de papier et une boîte de pastels et s'était mis à crayonner une esquisse de mon visage, mais à mesure qu'il travaillait, je remarquais que sa nervosité s'accentuait. Chaque fois que mon regard allait vers la partie de l'atelier où se trouvaient Moraval et Launay, la figure de Lardini se contractait de fureur et il crayonnait plus rageusement. L'écrasement du pastel se mêlait au grésillement de la pluie sur le vitrage de l'atelier où persistait, malgré la pluie du dehors, une atmosphère surchauffée. Elle avivait les parfums d'un gros bouquet de roses dont les tiges entrelacées remplissaient un grand vase de cristal. Parfois Launay, tout en causant avec Moraval, se penchait pour respirer les odorantes fleurs. Il les respirait en amoureux. Launay ne devait pas être insensible au charme fleuri des femmes.

Cependant, le temps passait et Lardini crayonnait toujours, mais dans un silence furibond. Tout à coup, avec un jurement, il lança sur le parquet le pastel qu'il tenait entre ses doigts, et, de la paume de sa main, il effaça brusquement l'esquisse dont il déchira la feuille en quatre morceaux. A cette vue, Moraval :

— Mais qu'est-ce que vous faites Lardini ? Qu'est-ce qui vous prend, mon bon, vous êtes fou !

Lardini, dressé dans sa petite taille, le visage furieux, s'était retourné vers moi. Il me regardait avec une haine comique et je crus qu'il allait me battre, tandis que je murmurais par politesse :

— Oui, quel dommage, M. Lardini...

Il me répondit par un ricanement puis il me dit avec une ironie rageuse et hypocrite :

— Je ne pouvais pas penser vraiment que vous pouviez tenir à ce crayonnage. Je suis désolé, désolé. Vous sembliez vous intéresser à tout autre chose. Si j'avais su, chère madame, mais si vous voulez un portrait de vous, demandez-le donc à M. Launay. Il vous a assez regardée et pourrait le faire de mémoire. N'est-ce pas, M. Launay ?

Robert Launay sourit. En face de Lardini, trapu et presque lourd, Launay, élégant et robuste, présentait un contraste complet. Puis, avec calme et dextérité, tirant du bouquet la plus belle de ses roses et me la tendant d'un geste harmonieux et galant, incliné devant moi, il me dit, en lançant à Lardini un coup d'œil moqueur et ironique :

— Votre portrait, madame, mais le voici, vous n'en aurez jamais de plus ressemblant... »

Mme de Vorant s'était tue. Son visage était devenu comme lointain. Elle songeait, et je pensais qu'en sa mémoire, avec le souvenir attendri du passé, revivait la belle rose que lui avait donnée Robert Launay.

LA LETTRE DE JANINE

LA LETTRE DE JANINE

MON ami aimé, je pense à vous. Les belles fleurs que vous m'avez apportées sont là, tout près de moi, dans le vase qui vous plaît, sur la petite table auprès de laquelle vous étiez assis cet après-midi. Elles embaument le salon où je suis seule, ce soir. Elles sont très belles parce que vous ne savez comment gâter votre Janine; elles sont toutes blanches parce qu'elles sont un bouquet de fiancée. Aussi je les regarde avec un tendre bonheur auquel se mêle un peu de crainte, car c'est une grande et mystérieuse chose que d'être aimée, pour une petite fille comme moi qui, il y a huit jours, ne songeait pas plus au mariage qu'à être nommée maréchal de France ou chef du Protocole !

» Aussi suis-je encore un peu troublée de ce qui m'arrive, et maman, après dîner m'a trouvé si mauvaise mine qu'elle n'a pas voulu m'emmener passer la soirée chez nos vieux amis les Brancourt, où nous allons tous les jeudis. Papa et maman sont donc partis seuls en me faisant promettre de me coucher de bonne heure. Mais il n'est pas encore tard ; mes fleurs sentent bon. Votre fauteuil est resté à côté de la petite table, à la même place où vous étiez assis et d'où vous me regardiez avec tant de bonté pendant notre causerie d'aujourd'hui.

» Elle m'a été bien douce, et maintenant que vous n'êtes plus là pour m'intimider et me rendre sotte, il me semble que je goûte mieux tout ce que vous m'avez dit de passionné, de délicat, de gentil. Ah! Robert, comme je vous suis reconnaissante d'être avec moi si patient et si attentif, comme je me sens touchée de ce charmant, de cet indulgent désir que vous témoignez de tout connaître de ce qui fut ma petite vie d'avant le grand jour où la vraie vie s'est ouverte devant moi, celle qui sera la nôtre bientôt et que nous vivrons ensemble... Alors vous m'interrogez et je réponds à vos questions, si mal, si gauchement que j'ai parfois envie de vous battre!

» Car c'est très difficile de parler de soi, Robert, très difficile, et puis vous êtes curieux, très curieux, avouez-le; vous voulez savoir mes goûts, mes préférences, mes antipathies, mes habitudes. Cela passe encore! Mais vous voulez en apprendre davantage, comme si vous n'étiez pas certain de la seule chose qui compte : que je vous aime de tout mon cœur et de toute mon âme. Vous voulez que je vous dise mon caractère, mes façons de penser, le fond même de ma nature. Et ce n'est pas tout. Ainsi, aujourd'hui, vous m'avez demandé de vous parler de mon enfance, de vous raconter quelque trait qui vous renseigne mieux sur votre Janine enfant que les photographies de l'album, l'album où papa a collé avec orgueil tous les kodaks qu'il a pris de moi depuis mon bas âge, tous jusqu'à celui où vous figurez dans ce groupe de garden-party où je vous ai rencontré pour la première fois.

» Je viens de les feuilleter de nouveau, ces photographies, et il y en a une sur laquelle mon regard s'est arrêté avec complaisance. Oh! vous ne l'avez pas remarquée, j'espère bien, car j'y suis laide, laide. Je dois avoir six ou sept ans. Je suis une grosse petite fille joufflue. J'ai un affreux chapeau de jardin, car cette photo-là a été faite à la Verdalière, et je tiens entre mes bras un horrible chien efflanqué, sans race, que je serre amoureusement sur mon cœur.

» Il s'appelait Biscuit, ce chien, et il appartenait au concierge de la Verdalière. Cette

Verdalière est une propriété en Seine-et-Marne que papa avait louée, une année. Dès mon arrivée, j'avais découvert Biscuit. Il m'avait accueillie par des jappements furieux et avait tourné autour de moi d'un air hargneux. Miss Bell avait signalé à ma mère la présence de cette bête criarde, ahurie et boueuse, mais les façons rébarbatives de Biscuit ne m'avaient pas découragée. C'était le coup de foudre. Je ne pensais qu'à Biscuit. J'en rêvais la nuit, et l'amitié de Biscuit me paraissait le plus enviable des trésors.

» Je ne sais plus comment je l'obtins, par quelles prévenances, par quelles bassesses, mais, au bout de quelques jours, Biscuit répondit à mes avances. Il cessa de m'aboyer, ne s'enfuit plus quand je l'appelais et consentit même à me suivre. Ce triomphe m'enivra et je me sentis pour Biscuit une immense tendresse, à laquelle j'étais persuadée qu'il répondait. Bientôt, il ne me quitta plus et nous devînmes inséparables, malgré miss Bell, qui avait peur des chiens, et que Biscuit épouvantait quand il gambadait autour d'elle.

» Sa terreur redoubla ma passion pour Biscuit. N'en concluez pas que je fusse méchante. J'aimais bien miss Bell, mais j'aimais encore plus Biscuit. Oui, je l'aimais de tout mon petit cœur d'enfant tendre. Je l'aimais parce que je pensais à ce que Biscuit avait dû souffrir de n'être pas aimé, et je voulais lui donner tout le bonheur qu'il n'avait pas connu avant moi. Oui, cette grosse petite fille de la photo était un cœur sensible, et Biscuit en profitait.

» Je ne puis vous dire quelle place tenait Biscuit dans ma pauvre petite vie! C'est ridicule, je le sais bien, mais je suis sûre, Robert, que vous ne rirez pas trop. Et puis Biscuit était si heureux! Il était nourri à notre table, comblé de sucreries et de gâteaux, choyé, caressé, et il acceptait tout cela avec un sans-gêne et une placidité de philosophe. Eh bien! malgré cette attitude désintéressée, je croyais en lui; j'avais confiance en son amitié et c'est ce qui fit que, l'été étant venu et la grande chaleur fatiguant maman, j'appris sans trop de chagrin qu'on allait à la mer passer le mois d'août et qu'on n'emmènerait pas Biscuit.

» Néanmoins, je ne partis pas sans faire toutes sortes de recommandations à son sujet et j'avais le cœur gros en quittant la Verdalière, mais je me laissai distraire par le voyage, et puis la plage, avec son sable, ses algues et ses coquilles, avait bien de l'attrait pour une fillette de mon âge. Cependant, Biscuit ne cessait pas d'occuper ma pensée. Comme il se serait amusé à courir à la vague et à creuser la grève avec ses bonnes pattes...

» Enfin, le moment de revenir à la Verdalière arriva. J'avais hâte de retrouver la maison spacieuse, le vaste jardin et Biscuit, le cher, l'aimé Biscuit... Ah ! comme il devait m'attendre et quels sauts de joie il allait faire, à l'épouvante de miss Bell, en me léchant la figure !

» Quand la voiture s'arrêta devant le perron, mon cœur battait. A peine descendue, je regardai autour de moi. Où était Biscuit?... Il était là, allongé sur le sable de l'allée, plus poussiéreux, plus dégingandé que jamais; il était en train de jouer avec une vieille savate. A mon appel, il ne daigna pas se déranger. Je m'approchai, les bras tendus. Biscuit se leva avec la mauvaise humeur de quelqu'un que l'on dérange, secoua ses oreilles, me considéra dédaigneusement et se remit à ronger son bout de cuir, tandis que j'éclatais en sanglots désespérés. Biscuit ne m'avait pas reconnue!

» Ce fut un de mes plus grands chagrins d'enfant, mais il ne faut pas en rire, mon ami si bon et si cher! Et puis n'est-ce pas vous qui m'avez poussée à cette confidence? Aussi ai-je obéi à votre attentive tendresse. J'ai si confiance en elle et j'en aurai tant besoin! Mais je sais qu'il ne faut pas que j'aie peur et qu'avec vous j'aurai le droit d'être moi-même, que je n'aurai pas à voiler à votre délicatesse cette sensibilité, excessive peut-être, mais si vraie, qui est au fond de moi et que vous saurez garantir des trop rudes atteintes de la vie, et vous voudrez bien que votre Janine soit toujours un peu cette enfant au cœur naïf et trop tendre, et qui pleurait toutes ses larmes parce que le chien Biscuit ne l'avait pas reconnue. »

TABLE DES MATIÈRES

Cet ouvrage inédit de : " Contes pour chacun de nous " par Henri de Régnier est le premier de la Collection " Les Panathénées ". L'édition a été tirée à : un exemplaire sur Japon Impérial réimposé, contenant : deux pages inédites autographes, les originaux ayant servi à l'illustration de l'ouvrage, le cuivre barré, deux états de l'eau-forte, une épreuve du cuivre barré et une suite des bois sur Japon, numéroté 1; dix-neuf exemplaires sur vieux Japon, contenant : deux états de l'eau-forte, une épreuve du cuivre barré et une suite des bois sur Japon, numérotés 2 à 20; cinquante exemplaires sur Japon impérial réimposés, contenant : deux états de l'eau-forte, une épreuve du cuivre barré et une suite des bois sur Japon, numérotés 21 à 70; trente exemplaires sur Japon Impérial réimposés, numérotés 71 à 100; mille exemplaires sur Vergé de Rives B.F.K. pur chiffon, numérotés 101 à 1.100; cinquante exemplaires Hors Commerce sur divers papiers, marqués I à L, et vingt-cinq exemplaires sur Rives B.F.K., contenant les suites sur Japon, souscrits par M. Édouard Champion.

L'eau-forte et les bois originaux ont été exécutés par A. Mayeur. L'impression a été achevée sur les presses et dans les ateliers de Lapina, à Paris, le quinze Février mil neuf cent vingt-six.

EX. de PASSE

www.ingramcontent.com/pod-product-compliance
Ingram Content Group UK Ltd.
Pitfield, Milton Keynes, MK11 3LW, UK
UKHW031857260826
14628UKWH00002B/828

9 782329 203935